LIEV TOLSTÓI
PADRE SÉRGIO

TRADUÇÃO DO RUSSO
Beatriz Morabito

POSFÁCIOS
Samuel Titan Jr.
Boris Schnaiderman

COMPANHIA DAS LETRAS

Copyright © 2022 by Companhia das Letras

Grafia atualizada segundo o Acordo Ortográfico da Língua Portuguesa de 1990, que entrou em vigor no Brasil em 2009.

Título original
Отец Сергий

Capa e projeto gráfico
Kiko Farkas e Ana Lobo/ Máquina Estúdio

Ilustrações de capa e miolo
Kiko Farkas/ Máquina Estúdio

Crédito da guarda
Manuscrito de Liev Tolstói da última página da primeira edição concluída da novela *Padre Sérgio*. Tomo 31 das *Obras completas* em 90 volumes. Moscou: Editora estatal de literatura artística, 1954.

Revisão
Gabriele Fernandes e Adriana Moreira Pedro

Dados Internacionais de Catalogação na Publicação (CIP)
(Câmara Brasileira do Livro, SP, Brasil)

> Tolstói, Liev, 1828-1910.
> Padre Sérgio / Liev Tolstói ; tradução Beatriz Morabito ; posfácios Samuel Titan Jr. e Boris Schnaiderman. — 1ª ed. — São Paulo : Companhia das Letras, 2022.
>
> Título original: Отец Сергий.
> ISBN 978-65-5921-072-5
>
> 1. Ficção russa 2. Novelas I. Titan Jr., Samuel. II. Schnaiderman, Boris. III. Título.

22-101291   CDD-891.73

Índice para catálogo sistemático:
1. Ficção : Literatura russa 891.73

Aline Graziele Benitez — Bibliotecária — CRB — 1/3129

[2022]
Todos os direitos desta edição reservados à
EDITORA SCHWARCZ S.A.
Rua Bandeira Paulista, 702, cj. 32
04532-002 — São Paulo — SP
Telefone: (11) 3707-3500
www.companhiadasletras.com.br
www.blogdacompanhia.com.br
facebook.com/companhiadasletras
instagram.com/companhiadasletras
twitter.com/cialetras

PADRE SÉRGIO

9   Padre Sérgio

81   O brilho da contradição —
        Samuel Titan Jr.

89   Uma novela a ferro e fogo —
        Boris Schnaiderman

95   Resposta à resolução do Sínodo
        de 20-22 de fevereiro de 1901 e
        às cartas recebidas nessa ocasião —
        Liev Tolstói

109   Sobre o autor

115   Sugestões de leitura

I

Em Petersburgo, nos anos 1840, teve lugar um acontecimento dos mais extraordinários: o comandante do esquadrão de honra do regimento de couraceiros, para o qual todos prediziam brilhante carreira como ajudante de campo do imperador Nikolai I, um belo príncipe a um mês do casamento com uma encantadora dama de honra protegida da imperatriz, pediu baixa, rompeu o noivado, entregou seus modestos rendimentos à irmã e partiu para um monastério com a intenção de se tornar monge. Tal acontecimento pareceu surpreendente e inexplicável àqueles que não conheciam suas motivações interiores; para o próprio príncipe Stiepán Kassátski, no entanto, tudo ocorreu de maneira tão natural que ele não poderia imaginar um modo diferente de agir.

O pai de Stiepán Kassátski, coronel da guarda reformado, morrera quando o filho tinha doze anos. Por mais pena que a mãe tivesse de levá-lo de casa, não podia deixar de realizar o desejo do finado marido, o qual manifestara em testamento a vontade de que, caso ele morresse, seu filho fosse entregue à Academia Militar; e assim ela fez. A própria viúva mudou-se para Petersburgo com a filha Varvára para viver próximo ao filho e vê-lo nos feriados.

O garoto sobressaía por sua brilhante capacidade e imensa autoestima, em consequência das quais era o primeiro em ciências, principalmente em matemática — matéria pela qual tinha uma atração especial —, o mesmo ocorrendo nas manobras e na equitação.

Não obstante seu crescimento acima do normal, era belo e ágil. Seria um cadete modelar não fosse o temperamento arrebatado. Não bebia, não se entregava à libertinagem e era admiravelmente sincero. O que o impedia de ser um exemplo eram seus súbitos ataques de cólera, momentos em que perdia completamente o autocontrole e virava um animal. Certa vez, quase atirou janela afora um cadete que começou a zombar de sua coleção de minerais. Em outra ocasião, por pouco não foi perdoado: lançou uma travessa inteira de costeletas em um administrador, jogou-se para cima dele e, segundo diziam, golpeou o oficial porque este havia quebrado sua palavra e dito uma mentira deslavada. Ele certamente teria sido rebaixado se o diretor da Academia não tivesse abafado todo o caso e expulsado o administrador.

Aos dezoito anos, formou-se oficial do regimento aristocrático da guarda. O imperador Nikolai Pávlovitch conhecia-o da época da Academia Militar e o notou também no regimento, motivo pelo qual predisseram-lhe o posto de ajudante de campo. E Kassátski desejava-o fortemente, não apenas por ambição, mas principalmente porque desde a época da Academia adorava Nikolai Pávlovitch com verdadeira paixão. A cada visita de Nikolai Pávlovitch à Academia — e ele costumava visitá-los com frequência —, à entrada daquela figura alta em casaca militar, de passos ágeis, peito inflado, nariz aquilino sobre o bigode e suíças aparadas, saudando com voz grandiosa os cadetes, Kassátski experimentava um êxtase semelhante àquele que viveu mais tarde, ao conhecer sua amada. Mas o que sentia à aproximação de Nikolai Pávlovitch era mais forte. Queria dar provas de lealdade incondicional, sacrificar algo, tudo, sua própria pessoa. E, sabendo disso, Nikolai Pávlovitch suscitava-o de caso pensado. Brincava com os cadetes, cercava-se deles e dirigia-se a eles ora com simplicidade infantil, ora como amigo, ora com majestosa solenidade. Depois dos acontecimentos com o oficial, Nikolai Pávlovitch não dissera nada a Kassátski, mas, quando este se aproximou, ele o afastou teatralmente e, franzindo a testa, ameaçou-o com o dedo; depois, ao sair, disse:

— Saiba que estou a par de tudo, embora de algumas coisas eu preferisse não tomar conhecimento. Mas elas permanecem aqui.

E apontou o coração.

À época em que os cadetes formados foram chamados a sua presença, ele também não mencionou o fato e disse, como de costume, que todos deveriam dirigir-se a ele diretamente, que deveriam servir fielmente ao imperador e à pátria e que ele seria sempre seu melhor amigo. Como sempre, estavam todos emocionados, inclusive Kassátski, que, relembrando o passado, derramou lágrimas e fez a promessa de servir a seu amado tsar com todas as forças.

Quando o jovem cadete ingressou no regimento, sua mãe mudou-se com a filha primeiro para Moscou e depois para o campo. Kassátski deu à irmã metade de seus bens. A parte que lhe restou era suficiente apenas para seu sustento no luxuoso regimento em que passava a servir.

Em sua aparência externa, Kassátski dava a impressão de ser um jovem normal, um brilhante oficial da guarda fazendo carreira por mérito próprio. Porém, uma contenda complexa e intensa travava-se em seu interior. Desde a infância, essa contenda assumira várias formas, mas na essência tudo se resumia a um único objetivo: todos os seus passos não tinham outro fim senão o de alcançar a perfeição e o sucesso que suscitariam o elogio e a admiração das pessoas. Apegava-se quer aos estudos, quer à ciência, e trabalhava até que o elogiassem e o apontassem como exemplo aos demais. Quando alcançava um objetivo, partia para outro. Assim, conseguiu o primeiro lugar em ciências; assim, quando ainda cursava a Academia, percebendo que estava fraco em conversação francesa, esforçou-se até conseguir em francês a mesma fluência que tinha em russo; assim, mais tarde, ainda na Academia, ao se dedicar ao xadrez, esforçou-se até conseguir jogar à perfeição.

À parte a vocação essencial de sua vida, que consistia

no serviço ao tsar e à pátria, sempre elegia alguma outra meta e, por mais ínfima que fosse, entregava-se a ela de corpo e alma, vivia somente para ela enquanto não a atingisse. Mas, tão logo a atingia, outra de imediato se impunha à sua consciência e substituía a anterior.

A aspiração a se destacar e, para isso, atingir o objetivo almejado preenchia sua vida. Dessa forma, ao sair da Academia, empenhou o máximo de suas qualidades no conhecimento do serviço e rapidamente se tornou um oficial exemplar, ainda que com aquele mesmo defeito de incontrolável irascibilidade, que também aí o levou a atos nocivos e prejudiciais ao sucesso de sua conduta. Depois, detectando uma falha em sua educação geral, resolveu supri-la mergulhando na leitura, logrando assim seu objetivo. Mais tarde, ocorreu-lhe alcançar uma posição brilhante na mais alta sociedade, aprendeu a dançar e logo conseguiu destaque nos bailes aristocráticos e em alguns saraus. Mas tal posição não o satisfez. Estava acostumado a ser o primeiro e, nesse caso, estava longe de sê-lo.

As altas-rodas da sociedade da época — e creio que seja assim por toda parte — consistiam de quatro tipos de pessoa: 1) pessoas ricas da corte; 2) pessoas que não eram ricas, mas que haviam nascido e crescido na corte; 3) pessoas ricas que se insinuavam na corte; 4) pessoas que não eram nem ricas nem da corte, mas que se faziam passar pelos primeiros e pelos segundos. Kassátski não pertencia aos primeiros. Era aceito de bom grado nos dois últimos círculos. Ao ingressar nesse mundo, tomara para si o objetivo de se relacionar com uma mulher da sociedade — e, para sua surpresa, rapidamente o atingiu. Mas logo, porém, deu-se conta de que as rodas que frequentava eram inferiores, e que as altas-rodas da corte, embora o recebessem, consideravam-no um estranho; eram gentis, mas todas as suas atitudes demonstravam que pertenciam a um mundo do qual ele não fazia parte. Kassátski, no entanto, queria fazer parte desse mundo. Para tanto, era necessário ser ajudante de campo — e ele esperava por isso — ou casar-se com alguém desses círculos. E resolveu empenhar-se nesse objetivo, escolhendo uma bela moça da corte que não só fazia parte do meio ao qual queria pertencer, como era procurada por todas aquelas mesmas pessoas que se posicionavam nos mais altos e firmes degraus da sociedade: a condessa Korotkôva. Kassátski passou a fazer a corte a Korotkôva não apenas pela carreira; era extraordinariamente atraente, e ele logo se apaixonou. No início era um tanto fria; de súbito, porém, as coisas mudaram: tornou-se carinhosa, e a mãe da condessa insistia particularmente em suas visitas.

Kassátski pediu a mão da condessa e foi aceito. Espantou-se por atingir essa felicidade tão facilmente; no entanto, havia algo de estranho, de diferente, na atitude tanto da mãe como da filha. Kassátski estava muito apaixonado e cego, e por isso não se deu conta daquilo que quase toda a cidade sabia: no ano anterior, sua noiva havia sido amante de Nikolai Pávlovitch.

II

Três semanas antes do dia marcado para o casamento, Kassátski encontrou-se com a noiva em sua casa de campo em Tsárskoie Sieló. Era um dia quente de maio. Noivo e noiva caminharam pelo jardim e sentaram-se em um banquinho na sombra da aleia de tílias. Mary estava especialmente bem no seu traje de musselina branca. Parecia a personificação da inocência e do amor. Sentada, ora pendia a cabeça para baixo, ora lançava olhares ao belo gigante que lhe falava com ternura e cuidado, temendo ofender, macular em cada gesto, em cada palavra, a pureza angelical da noiva. Kassátski pertencia àquele gênero de pessoas dos anos 1840 que hoje não se encontram mais; pessoas que, de si para si, não viam imundície na relação sexual, mas que exigiam da mulher uma pureza celestial idealizada e reconheciam essa mesma pureza celestial em todas as moças do círculo com que se relacionavam. Havia muita falsidade nisso e muito perigo naquele modo de agir licencioso que os homens se permitiam, mas, no que diz respeito às mulheres, tal ponto de vista — que se distingue nitidamente da atitude dos jovens de hoje, que veem em cada moça uma fêmea à caça de um macho — era, penso eu, saudável. As moças, endeusadas assim, empenhavam-se — umas mais, outras menos — em se tornar deusas. Também Kassátski sustentava o mesmo ponto de vista a respeito das mulheres e assim figurava sua noiva. Estava particularmente apaixonado nesse dia e não experimentava o menor grau de volúpia; ao contrário, olhava-a comovido, como para algo inacessível.

Ele se levantou em toda sua enorme altura e se colocou diante dela, apoiando ambas as mãos no sabre.

— Somente agora percebi toda a felicidade que pode experimentar um ser humano. E isso foi a senhora, foi você — exclamou, num sorriso tímido — que me ofereceu!

Estava naquele momento em que o uso de "você" ainda não era habitual, e olhando-a de uma posição moralmente inferior, temia dizer "você" àquele anjo.

— Aprendi sobre mim graças a... você; aprendi que sou uma pessoa melhor do que pensava que fosse.

— Sei disso há muito tempo. Por isso, apaixonei-me pelo senhor.

Ali ao lado, um rouxinol pôs-se a cantar, e as folhas tenras estremeceram sob a brisa passageira.

Ele tomou a mão da noiva, beijou-a, e lágrimas brotaram dos olhos dele. Ela entendeu que Kassátski estava agradecido por ter dito que o amava. Ele deu alguns passos, calou-se, depois se aproximou e se sentou.

— A senhora sabe, você sabe, bem, não faz diferença... Eu não me aproximei de você sem interesses, eu queria estabelecer um vínculo com seu meio, mas depois... como isso se tornou insignificante comparado a você, quando a conheci. Você não vai se zangar comigo por isso?

Ela não respondeu, apenas segurou as mãos de Kassátski.

Ele entendeu que tal gesto significava: "Não, não vou me zangar".

— Bem, você disse... — hesitou, temendo ser um tanto impertinente — você disse que começou a me amar, e eu acredito, mas, me desculpe, parece haver algo mais, que lhe aflige e incomoda. O que é?

"É agora ou nunca", pensou ela. "Ele vai descobrir de qualquer maneira. Mas agora não vai me abandonar. Ah, se ele me deixasse... seria terrível!"

E lançou um olhar apaixonado em direção àquela figura alta, nobre, robusta. Agora ela o amava mais que a Nikolai e, não fosse a aura imperial, não trocaria um pelo outro.

— Ouça, não quero faltar à verdade. Devo contar-lhe tudo. O senhor me pergunta o que há? Pois bem, já estive apaixonada antes.

Colocou as mãos sobre as dele em um gesto suplicante.

Ele permanecia calado.

— O senhor quer saber por quem? Ninguém menos que Sua Majestade.

— Todos nós o adoramos, eu imagino, a senhora no Instituto...

— Não, depois. Eu estava entusiasmada, depois passou. Mas eu preciso dizer...

— Mas então o quê?

— Não, não é tão simples.

Ela escondeu o rosto com as mãos.

— O quê? Você se entregou a ele?

Ela permanecia calada.

— Foi sua amante?

Ela seguia calada.

Kassátski levantou-se de um salto e ficou parado diante dela, pálido como a morte, as maçãs do rosto tremendo. Recordava agora o modo afetuoso como Nikolai Pávlovitch felicitara-o na Avenida Niévski.

— Meu Deus, o que foi que eu fiz, Stiva!

— Não, não me toque. Como dói!

Deu meia-volta e dirigiu-se à casa. Lá chegando, encontrou a mãe da condessa.

— O que aconteceu, príncipe? Eu... — ela se calou ao ver seu rosto. O sangue subira-lhe de repente à cabeça.

— A senhora sabia de tudo e me usou para encobri-los. Se não fossem mulheres... — gritou ele, erguendo o punho enorme, depois virando-se e saindo em disparada.

Fosse o amante da noiva um homem qualquer, ele o teria matado, mas era seu amado tsar.

No dia seguinte, Kassátski pediu uma licença e, em seguida, a baixa, dizendo estar doente; a fim de não ver ninguém, rumou para o campo.

Passou o verão em sua propriedade, organizando os negócios. Ao final do verão, em vez de retornar a Petersburgo, dirigiu-se a um monastério e tornou-se monge.

A mãe escreveu-lhe, tentando dissuadi-lo de dar

aquele passo. Respondeu que o chamado de Deus era maior que quaisquer outros motivos, e ele o havia sentido. Apenas a irmã, orgulhosa e ambiciosa como o irmão, soube compreender.

Compreendeu que Kassátski havia se tornado monge para se colocar acima dos que lhe queriam mostrar que estavam acima dele. E estava certa. Tornando-se monge, mostrava seu desprezo por tudo aquilo que parecia tão importante aos outros e a si mesmo à época em que estivera em serviço e se colocava em novo patamar, do alto do qual poderia olhar com desdém as pessoas a quem antes invejara. Não foi, porém, apenas esse sentimento que o guiara, como pensava a irmã Várienka. Havia outro, um sentimento verdadeiramente religioso, desconhecido de Várienka, o qual, mesclado ao orgulho e ao desejo de estar em primeiro lugar, igualmente o guiara. A decepção que tivera com Mary, que lhe parecera um anjo, o ultraje sofrido, tudo isso provocou-lhe uma dor tamanha que o conduziu ao desespero, e o desespero conduziu-o para onde? Para Deus, para a fé de sua infância, que nele nunca se rompera.

III

Kassátski ingressou no monastério no dia da Intercessão da Virgem.

O superior do monastério era um nobre, escritor erudito e *stáriets*,[1] ou seja, pertencia àquela tradição de monges originários da Valáquia que se submetiam resignadamente a um guia e professor escolhido. Este havia sido discípulo do conhecido *stáriets* Amvrôssi, discípulo de Makári, que por sua vez fora discípulo de Leonid, este último discípulo de Paíssi Velitchkóvski. Kassátski submeteu-se a ele como a um *stáriets*.

Além do sentimento de superioridade sobre os outros que experimentava no monastério — como em tudo o que fazia —, Kassátski encontrou ali felicidade na busca da perfeição máxima, tanto exterior como interior. Da mesma forma que fora um oficial mais que impecável no regimento, indo além do que lhe exigiam, ampliando os limites da perfeição, também no monastério se empenhava ao máximo para alcançá-la: trabalhador incansável, abstêmio, modesto, humilde, dócil, puro tanto em atos como em pensamentos, obediente. Esta última virtude tornou particularmente fácil a sua vida. Se muitas das exigências da vida no monastério, próximo da capital e muito frequentado, não o agradavam, tentavam-no, a obediência destruía tudo: "Não é minha tarefa raciocinar, minha tarefa é seguir o caminho da obediência, seja em pé junto às relíquias, cantando no coro, seja gerenciando as contas da casa de hóspedes". Cada sombra de dúvida era afastada pela obediência ao *stáriets*. Não fosse a obediência,

---

[1] Ancião, líder religioso de um monastério. [Esta e as demais notas são da tradutora.]

sentiria o peso da extensão e da monotonia dos serviços na igreja, o rebuliço causado pelos visitantes e as peculiaridades dos outros irmãos; agora, porém, tudo isso não só era suportado com alegria como constituía consolo e amparo. "Não sei por que é preciso escutar as mesmas orações várias vezes ao dia, mas sei que isso é necessário. E, sabendo que são necessárias, nelas eu me regozijarei." O *stáriets* havia-lhe dito que, assim como era necessário o alimento material para a manutenção da vida carnal, da mesma forma era necessário o alimento espiritual — as orações da Igreja — para a manutenção da vida espiritual. Ele acreditou, e de fato os serviços da igreja, para os quais às vezes se levantava de madrugada com dificuldade, imprimiam-lhe um ar de evidente tranquilidade e alegria. A alegria vinha da consciência de sua resignação e de seus atos irrepreocháveis, determinados pelo *stáriets*. O interesse por essa vida residia não apenas na subjugação cada vez maior de sua vontade, na resignação cada vez maior, mas também na obtenção de todas as virtudes cristãs, as quais num primeiro momento pareceram-lhe facilmente alcançáveis. Doara todos os bens a sua irmã, não se arrependia, e indolente ele não era. Humildade diante de seres inferiores não era apenas fácil para ele, como também proporcionava-lhe alegria. Era fácil até mesmo a vitória contra os pecados da luxúria, da cobiça, da lascívia. O *stáriets* advertira-o sobre esses pecados em particular, mas Kassátski regozijava-se por estar livre deles.

A única coisa que o atormentava era a lembrança da

noiva. Não só a lembrança, mas a imagem viva daquilo que poderia ter sido sua vida. Involuntariamente, apresentava-se a figura dela, favorita do imperador, que mais tarde se casou e se tornou adorável esposa e mãe de família. O marido tinha um cargo importante, poder, honra e uma esposa boa e penitente.

Em seus melhores momentos, Kassátski não se perturbava com tais pensamentos. Quando estes lhe ocorriam, alegrava-se por se livrar das tentações. Mas havia ocasiões em que de repente tudo aquilo por que estava passando parecia turvo, em que, embora não deixasse de acreditar na vida que levava, deixava de ver, de poder evocar aquilo que lhe dava sentido, e dominavam-no as reminiscências e — é terrível dizer — o arrependimento por sua conversão.

Nessas horas, a salvação era a obediência, o trabalho e o dia todo ocupado com orações. Como de costume, orava, fazia reverências, prosternava-se com mais frequência do que o normal, mas só de corpo, sem a alma. Isso durava um dia, às vezes dois, depois passava por si só. Mas eram dias terríveis. Kassátski sentia-se como se não pertencesse a si mesmo ou a Deus, mas a um estranho qualquer. E tudo o que podia fazer e fazia durante esses dias era aconselhar-se com o *stáriets* a fim de resistir, não tomar nenhuma decisão e esperar. Em geral, durante esses períodos Kassátski vivia não sob sua vontade, mas sob a vontade do *stáriets*, e nessa resignação havia uma particular tranquilidade.

Assim viveu em seu primeiro monastério durante sete anos. Ao final do terceiro ano, submeteu-se à tonsura e se ordenou padre sob o nome de Sérgio. A tonsura foi um acontecimento interior da mais alta importância. Mesmo antes disso, experimentava um grande consolo e elevação de alma quando comungava; agora, quando ele mesmo tinha a ocasião de oficiar, o ofertório levava-o ao êxtase, a um estado de comoção. Mas, com o tempo, sentiu-se mais e mais embotado e, certa vez, ao oficiar naquele estado de alma deprimido, percebeu que aquilo não ia perdurar. E de fato o sentimento de êxtase enfraqueceu, embora o hábito permanecesse.

De modo geral, o sétimo ano de vida no monastério mostrou-se enfadonho para Sérgio. Tudo aquilo que devia estudar, tudo aquilo que devia alcançar ele alcançara, e não havia mais nada a fazer.

Isso fez que a sensação de embotamento se tornasse mais e mais forte. Nessa época, tomou conhecimento da morte de sua mãe e do casamento de Mary. Recebeu ambas as notícias com indiferença. Toda sua atenção, todo seu interesse estavam concentrados em sua vida interior.

Já era padre havia quatro anos quando o bispo mostrou-se especialmente atencioso para com ele, e o *stáriets* disse-lhe que não deveria recusar se fosse designado a uma função mais elevada. Então a ambição monástica, a mesma que tanto condenava em outros monges, subiu-lhe à cabeça. Foi designado a um monastério mais próximo à capital. Queria recusar, mas o *stáriets* ordenou-lhe que aceitasse a nomeação. Aceitou, pediu licença ao *stáriets* e partiu para o outro monastério.

Essa passagem ao monastério perto da capital foi um acontecimento de grande importância na vida de Sérgio. Muitas eram as tentações, de todas as espécies, e todas as forças de Sérgio estavam direcionadas a elas.

No antigo monastério, a tentação feminina pouco atormentava Sérgio; já neste, ela aumentava com força terrível, chegando a ganhar inclusive forma precisa. Havia uma dama conhecida por seu comportamento leviano que passou a adulá-lo. Vinha conversar e pedia-lhe que a visitasse. Sérgio recusava, severo, mas ficava horrorizado com os contornos de seu desejo. Assustou-se tanto que escreveu sobre aquilo ao *stáriets*; sendo isso, no entanto, insuficiente para se controlar, pediu socorro a um de seus noviços e, submetendo-se à humilhação, confessou sua fraqueza, pedindo-lhe que o observasse e não o deixasse ir a parte alguma, exceto aos serviços e às orações.

Além disso, a grande tentação para Sérgio era o fato de alimentar enorme antipatia pelo superior, homem mundano, astuto, que havia feito carreira por conta própria. Sérgio não conseguia vencer tal antipatia, a despeito de seus esforços. Era submisso, mas no fundo da alma não cessava de condená-lo. Certo dia, esses maus sentimentos irromperam.

Corria o segundo ano de sua estada no novo monastério. Eis como os fatos se sucederam. A vigília da festa da Intercessão da Virgem deu-se em meio a grande movimentação. Muitos eram forasteiros. O próprio superior do monastério oficiava nos serviços. O padre Sérgio estava em seu lugar habitual e orava, ou seja, estava naquele estado de contenda que sempre o tomava nos serviços, especialmente na igreja maior, quando não era ele mesmo a oficiar. Tal contenda vinha da irritação que lhe causavam os visitantes, os senhores, especialmente as damas. Tentava evitá-los com o olhar, tentava não prestar atenção ao que se passava ao redor: não ver como um soldado os acompanhava aos seus lugares empurrando o povo simples, como as damas apontavam os monges — a maior parte das vezes para ele e para outro monge conhecido por sua beleza. Tentava, como que servindo-se de antolhos, não olhar para nada além do brilho das velas sobre a iconóstase, os ícones e as pessoas que conduziam os serviços, não escutar nada além das orações cantadas e proferidas nem provar qualquer outro tipo de sentimento além da abnegação, na consciência do cumprimento das obrigações que sempre experimentava ao escutar e repetir de antemão as orações tantas vezes ouvidas.

    Assim permanecia — prostrado, fazendo o sinal da cruz quando necessário, em luta consigo mesmo, entregando-se ora a uma fria censura, ora a uma suspensão conscientemente provocada da mente e dos sentidos —, quando o sacristão, padre Nikodim, outra de suas grandes tentações — Nikodim, a quem acusava involuntariamente de enganar e adular o superior —, aproximou-se dele e, inclinando-se até o chão em reverência, disse-lhe que o superior o chamava.

O padre Sérgio ajeitou o hábito com as mãos, colocou o *klobuk*[2] e seguiu cauteloso por entre a multidão.

— *Lise, regardez à droite, c'est lui* —[3] ressoou em seus ouvidos uma voz feminina.

— *Où, où? Il n'est pas tellement beau.*[4]

Sabia que estavam falando dele. Escutou-as e, como sempre fazia em momentos de tentação, repetiu as palavras "livra-nos da tentação", baixou a cabeça e os olhos, passou pelo ambão contornando os cônegos em peliças, que por esses dias se postavam diante da iconóstase, e atravessou a porta norte. Ao chegar, fez o sinal da cruz como de hábito, inclinando-se até o chão diante dos ícones, depois levantou a cabeça e, sem se aproximar, lançou um rápido olhar de esguelha na direção do superior, que estava ao lado de uma figura reluzente.

O superior, todo paramentado, estava próximo à parede. Retirando as mãozinhas curtas e roliças da casula, pousando-as sobre o colo e o abdômen rechonchudos, friccionava o galão que lhe envolvia a cintura enquanto sorria e dizia algo a um militar com uniforme de general da comitiva imperial, com os cordões e o monograma, prontamente reconhecidos pelos olhos militares do padre Sérgio. Esse general havia sido comandante do regimento no qual servira. Pelo visto, ocupava agora posição mais importante, e

---

2 Chapéu dotado de véu dos monges ortodoxos.
3 "Lise, olhe à direita, é ele" — em francês no original.
4 "Onde, onde? Ele não é tão bonito assim" — em francês no original.

o padre Sérgio percebeu de súbito que o superior sabia do fato e se felicitava por isso, a cabeça careca e o rosto gordo e vermelho irradiavam alegria. Tudo isso ofendia e amargurava o padre Sérgio, ainda mais quando ficou sabendo que o superior havia chamado a ele, padre Sérgio, tão somente para satisfazer a curiosidade do general em ver o antigo colega de trabalho, como este se expressara.

— Estou muito contente em ver essa sua imagem angelical — disse o general, estendendo a mão. — Espero que não tenha se esquecido dos velhos companheiros.

O rosto do superior, entre as mechas grisalhas, vermelho e sorridente, como se aprovasse aquilo que dizia o general, e o rosto bem tratado deste, o sorriso de satisfação, o aroma de vinho no hálito e de charuto nas suíças — tudo aquilo revoltou o padre Sérgio. Mais uma vez, curvou-se em reverência ao superior e disse:

— Vossa Reverência mandou que me chamassem? — e ficou parado, toda a expressão do rosto e do corpo perguntando "para quê?".

O superior respondeu:

— Sim, para ver o general.

— Vossa Reverência, eu me afastei do mundo para não cair em tentação — disse ele, empalidecendo, os lábios tremendo. — Por que me expor assim num momento de preces no templo do Senhor?

— Vá, vá — inflamou-se o superior, carrancudo.

No dia seguinte, o padre Sérgio pediu perdão ao superior e aos irmãos por seu orgulho; contudo, após uma noite de preces, decidiu deixar o monastério e escreveu uma carta relatando o fato ao *stáriets*, suplicando-lhe que o deixasse voltar ao antigo monastério. Escreveu que se sentia fraco e incapaz de lutar contra as tentações sem a ajuda dele. E que se arrependia do pecado do orgulho. O correio retornou com uma carta do mestre na qual este lhe escrevia que a causa daquilo tudo era o orgulho. Explicava que sua explosão de cólera ocorrera porque, ao recusar-se às honras eclesiásticas, ele havia se submetido não ao amor divino, mas a seu próprio orgulho, pensando: "Eu sou o melhor, não preciso de nada". Por isso, não suportara a conduta do superior: "Renunciei a tudo em nome de Deus, e agora me expõem como um animal". "Se você tivesse renunciado à glória por amor a Deus, você teria suportado tudo. O orgulho mundano ainda não se extinguiu em você. Tenho refletido sobre você, Sérgio, meu filho, e orado, e eis o que Deus me inspirou: viva como antes e se resigne. Por esses dias, chegou-nos da ermida a notícia do falecimento do eremita Hilarion, homem de vida santa. Lá, viveu por dezoito anos. O superior de Tambinô perguntou-me se não haveria algum irmão que gostasse de viver lá. Sua carta chegou na hora certa. Procure o padre Paíssi no monastério de Tambinô, eu mesmo escreverei a ele, e ocupe a cela de Hilarion. Não que você possa substituir Hilarion, mas você precisa de solidão para subjugar seu orgulho. E que Deus o abençoe."

Sérgio escutou o *stáriets*, mostrou a carta ao superior e, tendo recebido autorização, entregou a cela com todos os pertences ao monastério, partindo para a ermida de Tambinô.

O abade da ermida — excelente senhor, comerciante de origem — recebeu-o de forma simples e tranquila. Instalou-o na cela de Hilarion, primeiro designando-lhe um noviço atendente, deixando-o depois a sós, a pedido de Sérgio. A cela era uma gruta escavada em uma montanha, e Hilarion estava enterrado nela. O túmulo ficava no fundo da gruta, ao lado do qual havia um nicho com uma cama revestida de palha, uma mesinha e uma estante com ícones e livros. Do lado de fora da porta de entrada, que permanecia fechada, havia uma prateleira; nela, os monges deixavam a comida que traziam do monastério uma vez ao dia.

E o padre Sérgio tornou-se eremita.

IV

No Carnaval do sexto ano da clausura de Sérgio, após panquecas e vinho, um grupo animado de gente rica da cidade vizinha, homens e mulheres, passeava em suas troicas. O grupo consistia de dois advogados, um fazendeiro, um oficial do exército e quatro mulheres. Uma era mulher do oficial; outra, mulher do fazendeiro; a terceira, sua jovem irmã; e a quarta, uma divorciada, formosa, ricaça e extravagante, que surpreendia e chocava a cidade com suas escapadelas.

O tempo estava ótimo, e a estrada parecia encerada.

Haviam se afastado dez verstas[5] da cidade quando pararam e começaram a discutir se deveriam seguir em frente ou voltar.

— Mas essa estrada vai dar onde? — perguntou Mákovkina, a bela divorciada.

— Em Tambinô, até lá são doze verstas — disse um dos advogados, que estava flertando com ela.

— Bem, e depois?

— Depois em L., à altura do monastério.

— Lá onde vive o tal padre Sérgio?

— Sim.

— Kassátski? Aquele belo eremita?

— Sim.

— Senhoras! Senhores! Vamos até Kassátski. Em Tambinô descansamos e comemos alguma coisa.

— Mas não chegaríamos em casa à noite.

— Não importa, ficamos com Kassátski.

— Ora, há uma hospedaria no monastério, e muito boa por sinal. Estive lá quando defendi Mákhin.

— Não, eu vou passar a noite com Kassátski.

— Bem, temo que seja impossível, mesmo em toda a vossa onipotência.

— Impossível? Quer apostar?

— Feito. E se passar a noite com ele, o que vai querer de mim?

---

5 Medida russa que equivale a 1067 metros.

— *À discretion.*⁶
— Mas o mesmo vale para você!
— Sim, claro. Vamos.

Deram vinho aos cocheiros. Abriram uma caixa recheada de pastéis, vinho e guloseimas. As mulheres agasalharam-se em suas peliças brancas, feitas de pele de cachorro. Os cocheiros disputavam quem iria à frente, e um deles, jovem, saltando audaciosamente para a boleia, suspendeu o cabo do chicote, gritou — e os sinos da troica soaram, os patins rangeram.

A troica mal balançava ou trepidava, o cavalo atrelado ao lado galopava regular e alegremente, a cauda solidamente presa pelo atafal adornado, a estrada plana, untada, ia ficando a galope para trás, o cocheiro audacioso sacudia as rédeas, um dos advogados e o oficial, sentados frente a frente, contavam piadas à vizinha Mákovkina — que estava sentada imóvel e pensava, apertando a peliça com vigor: "Tudo sempre igual, tudo sempre torpe: rostos vermelhos e brilhosos que cheiram a vinho e tabaco, os mesmos assuntos, as mesmas ideias, e tudo girando sobre a mesma torpeza. E estão todos satisfeitos e certos de que assim deve ser, e assim continuarão a viver até a morte. Mas eu não posso. Isso me enfastia. Preciso de algo que me ponha do avesso, que me vire de cabeça para baixo. Suponhamos que acontecesse agora o mesmo que em Sarátov, acho, com aquelas pessoas que andaram até congelar. O que nosso grupo

---

6 "O que quiser" — em francês no original.

faria? Como se comportaria? De forma vil, com certeza. Cada um por si. E eu agiria da mesma forma. Mas pelo menos sou bonita. Eles sabem disso. E esse monge? Será que já não se interessa por isso? Não acredito. É só por isso que se interessam. Como aquele cadete no outono. Que tolo...".

— Ivan Nikoláitch! — disse ela.
— O que manda?
— Quantos anos ele tem?
— Quem?
— Kassátski, ora.
— Acho que mais de quarenta.
— E será que ele recebe a todos?
— A todos, mas não sempre.
— Cubra meus pés. Não assim. Como você é desajeitado! Não... mais, mais... assim está bem. Mas não precisa apertá-los.

E assim chegaram à floresta onde ficava a ermida.

Ela desceu e mandou que prosseguissem. O grupo tentou dissuadi-la, mas ela se zangou e mandou que partissem. As troicas então partiram, e ela seguiu a trilha, envolta em sua peliça branca. O advogado saltou e ficou parado, olhando.

V

O padre Sérgio vivia recluso havia seis anos. Tinha agora quarenta e nove anos. Levava uma vida dura. Não devido aos pesados jejuns e às preces — isso não lhe era difícil —, mas a um conflito interior absolutamente inesperado. As fontes desse conflito eram duas: a dúvida e a concupiscência carnal. Ambas as inimigas surgiam sempre juntas. Pareciam duas coisas distintas, quando na verdade eram uma só e a mesma. Tão logo as dúvidas se desfaziam, o mesmo acontecia com a concupiscência. Achava, porém, que se tratava de dois demônios distintos, e lutava com cada um separadamente.

"Meu Deus! Meu Deus!", pensava. "Por que não me alimentas de fé? Há concupiscência em mim, é verdade, mas também santo Antônio e outros santos lutaram contra ela, com fé. Eles tinham fé; eu, no entanto, passo minutos, horas, dias, sem que a fé me socorra. Por que todo este mundo repleto de encantos, se o pecado existe e devemos renunciar a ele? Para que criaste a tentação? Tentação? Mas não será tentação o fato de eu querer me afastar dos prazeres terrenos e me preparar para algo que talvez não exista?", dizia a si mesmo horrorizado, com nojo de si mesmo. "Canalha! Canalha! E ainda tem a pretensão de se tornar santo", repreendeu-se. E pôs-se a orar. Porém, mal havia iniciado suas orações, e a imagem nítida de como vivera no monastério já lhe surgiu à mente: uma figura majestosa de manto e *klobuk*. E sacudiu a cabeça. "Não, isso não está certo. É ilusão. Posso iludir aos outros, mas não a mim mesmo nem a Deus. Não sou essa figura majestosa, e sim um homem lastimável, ridículo."

Levantou a batina e ficou olhando as pernas magras saindo pelas ceroulas. E sorriu.

    Baixou a batina em seguida e começou a ler as orações de joelhos, benzendo-se. "Será este leito minha sepultura?", leu. E parecia que o diabo lhe sussurrava: "Um leito solitário é a própria sepultura. Tudo isso é uma fraude". E viu em imaginação os ombros de uma viúva que fora sua amante. Sacudiu-se e continuou a ler. Após a leitura dos ensinamentos, tomou o Evangelho, abriu-o e deparou com uma passagem que repetia sempre e sabia de cor: "Creio, Senhor. Auxilia-me em minha descrença". E afastou todas as dúvidas que lhe vinham. Como se ajeitasse um objeto de equilíbrio instável, aprumou-se uma vez mais sobre a base oscilante na qual repousava sua fé e recuou cauteloso, a fim de não sacudi-la e derrubá-la. Novamente sentiu-se como de antolhos e sossegou. Repetiu uma oração da infância, "recebe-me, Senhor, recebe-me", e sentiu-se leve, repleto de terna alegria. Benzeu-se e deitou-se sobre o colchão de palha na cama estreita, colocando a batina de verão sob a cabeça. E adormeceu. No sono leve, julgou escutar um toque de sinos. Não sabia se era realidade ou sonho. Mas foi despertado por batidas na porta. Levantou-se, mal acreditando que aquilo fosse real. As batidas, porém, continuaram. Sim, eram batidas muito próximas, vinham da porta, acompanhadas de uma voz feminina.

    "Meu Deus! Será verdade o que li na *Vida dos Santos*? Que o demônio toma a forma feminina... Sim, essa voz é de mulher. Uma voz meiga, tímida, amável! Ai, ai!", pensou e cuspiu de lado. "Não, é imaginação", disse consigo e se afastou para um canto diante do atril, ajoelhando-se com aquele movimento regular e habitual no qual encontrava consolo e prazer. Abaixou-se, os cabelos caindo-lhe sobre o rosto, e comprimiu a testa já desnuda contra o tapetinho úmido e gelado (o vento soprava por baixo da porta).

Leu o salmo que o velho padre Pímen recomendava em momentos de alucinação. Ergueu suavemente o corpo descarnado e leve sobre as pernas fortes, querendo continuar a leitura, mas não prosseguiu, apurando involuntariamente os ouvidos na tentativa de escutar algo. Queria escutar alguma coisa. Silêncio completo. As gotas continuavam a cair do telhado sobre o barril colocado num canto da gruta. No pátio, a névoa engolia a brancura da neve. Tudo em silêncio. De repente, ouviu-se na janela um ruído, e uma voz nítida — uma voz meiga, tímida, uma voz que só poderia pertencer a uma mulher atraente — disse:

— Abra, pelo amor de Deus...

Sentiu que todo o sangue do corpo fluíra para o coração e se estancara ali. Não conseguia respirar. "Que Deus se manifeste, e o mal dissipe..."

— Mas eu não sou o diabo... — e era como se visse os lábios sorridentes que pronunciavam aquela frase. — Mas eu não sou o diabo, sou apenas uma mulher pecadora que se desviou do caminho, não no sentido figurado, no sentido literal — ela caiu na risada —, que está congelando e pede abrigo...

Ele apertou o rosto contra o vidro. A luz da lamparina se refletia em todo o vidro. Pôs as mãos em concha e apertou-as contra o rosto, tentando ver algo lá fora. Bruma, névoa, uma árvore, e ali estava ela, à direita. Sim, ela, uma mulher num casaco de pele branco, de gorro, um rosto encantador, bondoso, amedrontado, ali, a dois passos dele, inclinando-se em sua direção. Seus olhares se cruzaram e se reconheceram de imediato. Não que algum dia tivessem se conhecido: nunca haviam se encontrado antes, mas, pelo olhar que trocaram, ambos (principalmente ele) sentiram que já se conheciam e compreendiam um ao outro. Impossível acreditar que não fosse uma mulher simples, bondosa, encantadora, tímida, mas sim o diabo.

— Quem é você? Por que veio? — perguntou ele.

— Eu preciso me aquecer — disse ela, em tom de autoridade caprichosa. — Estou congelando. Já disse, desviei-me do caminho.

— Mas eu sou um monge, um eremita.

— Está bem, mas deixe que eu me aqueça primeiro. Ou o senhor prefere que eu congele aqui fora enquanto faz suas orações?

— Mas como a senhora...

— Por Deus, abra! Eu não vou comer o senhor. Estou completamente congelada!

Ela mesma já começava a ficar com medo. Falava quase chorando.

Ele se afastou da janela e olhou em direção ao ícone de Cristo com a coroa de espinhos. "Senhor, ajuda-me! Senhor, ajuda-me", disse, benzendo-se e curvando-se; caminhou em seguida até à porta que dava para um minúsculo vestíbulo, abriu-a e tateou à procura da chave da porta principal até a encontrar. Começou a girá-la na fechadura. Ouviu passos. Ela caminhava da janela até a porta. "Ai!", gritou a mulher de repente. Percebeu que ela havia enfiado o pé na poça d'água que se acumulava na soleira. As mãos dele tremiam, não conseguia nem levantar a tranca da porta.

— Mas o que o senhor está fazendo? Deixe-me entrar. Estou toda molhada, congelada! Eu aqui congelando enquanto o senhor fica aí pensando em salvar sua alma!

Ele puxou a tranca e, sem calcular a própria força, empurrou a porta de tal forma que quase derrubou a mulher.

— Oh, perdão! — exclamou, retornando de chofre ao modo como, no passado, tratava habitualmente as mulheres.

Ela sorriu, espantada com aquele "perdão". "Ele não é tão terrível assim", pensou.

— Não foi nada, não foi nada. Eu é que devo pedir desculpas — disse ela, passando a sua frente. — Não deveria nunca ter me atrevido. Mas trata-se de um incidente singular.

— Tenha a bondade — disse ele, pondo-se de lado para que passasse. O forte aroma de um perfume refinado, que havia tempos não sentia, golpeou-lhe os sentidos. Ela percorreu o recinto, do pequeno saguão até o cômodo. Ele fechou a porta de entrada num estrondo, sem passar a chave, e a seguiu.

"Senhor Jesus Cristo, filho de Deus, perdoa este pecador! Senhor, perdoa este pecador", rezava sem cessar, não apenas em silêncio, mas mexendo os lábios em movimento involuntário.

— Tenha a bondade — disse ele.

Ela estava no centro do aposento, a neve da roupa se liquefazendo e pingando no chão, e o acompanhava com o olhar. Seus olhos sorriam.

— Desculpe-me perturbar seu isolamento. Mas veja minha situação. Tudo aconteceu porque alguns amigos e eu resolvemos dar uma volta de troica, e eu apostei que poderia voltar à pé de Vorobiôvka até a cidade, mas desviei-me completamente do caminho e, não fosse ter encontrado sua cela... — começou a mentir. Mas a expressão dele deixou-a embaraçada, não conseguiu prosseguir e se calou. Não esperava que ele fosse assim. Não era tão belo como imaginava, mas parecia bonito a seus olhos. Barba e cabelos grisalhos, ondulados, o nariz regular e afilado, os olhos feito carvão em brasa quando a fitavam, fulminantes.

Ele percebeu a mentira.

— Sim, bem... — disse ele, olhando-a de esguelha e baixando a vista em seguida. — Vou ficar ali, a senhora pode se acomodar aqui.

E apanhou a pequena candeia, acendeu uma vela, inclinou-se numa vênia e caminhou até um cubículo atrás de um tabique; ela o ouvia movendo coisas. "Provavelmente está armando algum tipo de barricada contra mim", pensou sorrindo e, após despir o casaco branco, tentou tirar o gorro, que ficou preso aos cabelos e ao lenço que usava por cima. Não tinha se molhado nem uma gota diante da janela, dizendo aquilo apenas como pretexto para que a deixasse entrar. Mas havia mesmo pisado na poça d'água, sua perna esquerda estava molhada até a panturrilha, e tanto a galocha como a botina que usava estavam encharcadas. Sentou-se no catre — uma tábua coberta apenas por um tapetinho — e começou a tirar os sapatos. A celinha era encantadora. Estreitinho, o minúsculo cômodo de três por quatro *archins*[7] era limpo como vidro. Havia apenas o catre no qual estava sentada e, mais acima, uma prateleira com livros. No canto, um pequeno atril. Num prego, na porta, um casaco de pele e uma batina. Sobre o atril, uma imagem de Cristo com a coroa de espinhos e uma lamparina. Um cheiro estranho pairava no ar: manteiga, suor e terra. Tudo a agradava. Até mesmo aquele cheiro.

Os pés molhados, sobretudo o esquerdo, incomodavam-na, e ela começou a tirar os sapatos apressadamente, sem deixar de sorrir, alegre não só porque alcançara seu objetivo, mas também porque percebeu que o havia

---

[7] Medida russa que equivale a 0,71 metro.

perturbado — aquele homem fascinante, surpreendente, atraente, único. "Bem, ele não respondeu, mas e daí?", disse consigo.

— Padre! Padre Sérgio! É assim que devo chamá-lo?

— O que a senhora deseja? — respondeu ele, em voz baixa.

— Por favor, desculpe-me perturbar seu isolamento. Mas eu não tive mesmo como evitar. Fatalmente cairia doente. E não sei o que fazer agora. Estou com o corpo todo úmido e meus pés estão como gelo.

— Desculpe-me — respondeu a voz, em tom baixo, eu não sou de nenhuma serventia à senhora.

— Não tinha intenção alguma de molestá-lo. Ficarei aqui só até o amanhecer.

Ele não respondeu. E ela ouviu-o murmurar algo — parecia orar.

— O senhor não virá até aqui, virá? — perguntou ela, sorrindo. — É que preciso me despir para poder me secar.

Ele não respondeu, e a voz por detrás do tabique continuou a ler as orações.

"Sim, este é um homem!", pensou ela, tentando arrancar com esforço um dos sapatos encharcados. Ela tentava, mas não conseguia, e começou a achar cômica a situação. E riu bem baixinho, mas, sabendo que ele escutaria a risada e que aquela risada teria o efeito que desejava, passou a rir alto, e seu riso alegre, natural, bonachão teve exatamente o efeito que ela queria provocar.

"Sim, eu poderia amar um homem como esse. Aqueles olhos! E aquela expressão simples, nobre e, por mais que resmungue suas orações, apaixonada!", ponderou. "Nós, mulheres, não nos enganamos. Tão logo aproximou o rosto do vidro e me avistou, ele entendeu e soube. Seus olhos brilharam, pegaram fogo. Começou a me amar, a me desejar. Sim, desejar", disse, conseguindo finalmente arrancar a galocha e o sapato, e começando a tirar as meias. Para poder arrancá-las — aquelas meias compridas de elástico —, precisava tirar as saias. Teve escrúpulos. E disse:

— Não venha até aqui.

Mas atrás do tabique não se ouviu nenhuma resposta. O resmungo uniforme continuava, somado a um ruído provocado por algum movimento. "Decerto está prostrando-se no chão", pensou ela. "Mas não vai se livrar assim. Está pensando em mim. Da mesma forma como estou pensando nele. Pensa nestas pernas", disse, descalçando as meias úmidas e colocando as pernas sobre o catre, recolhendo-as. Ficou naquela posição durante algum tempo, os braços enlaçando os joelhos, olhando à frente com ar pensativo. "Este deserto, este silêncio. E ninguém em canto algum saberia..."

Levantou-se, levou as meias para junto do forno, pendurou-as na pequena chaminé. A chaminezinha era algo peculiar. Girou-a algumas vezes, retornou em seguida ao catre na ponta dos pés descalços e sentou-se de novo na mesma posição. Reinava o silêncio atrás do tabique. Deu uma olhada no relógio minúsculo que trazia pendurado ao pescoço. Eram duas horas. "Nosso grupo deve voltar às três." Não tinha mais de uma hora. "E por que devo ficar aqui sentada sozinha? Que absurdo! Não quero. Vou chamá-lo, e agora."

— Padre Sérgio! Padre Sérgio! Serguei Dmítritch, príncipe Kassátski!

Silêncio atrás do tabique.

— Escute, isto é cruel. Eu não o chamaria se não tivesse necessidade. Estou me sentindo mal. Não sei o que há comigo — disse, com voz sofredora. — Oh, oh! — gemeu, jogando-se sobre o catre. E, fato estranho, começou mesmo a se sentir fraca, muito fraca, o corpo todo dolorido, sacudido por tremores, febre.

— Escute, ajude-me. Eu não sei o que há comigo. Oh! Oh! — Desabotoou a roupa, descobrindo o peito, e deixou cair os braços, nus até os cotovelos. — Oh! Oh!

Durante todo esse tempo, ele permanecera em seu cubículo, rezando. Após terminar de ler todas as orações vespertinas, ficara imóvel, os olhos concentrados na ponta do nariz, e fazia uma prece, repetindo com toda a alma: "Senhor Jesus Cristo, filho de Deus, perdoa-me".

Mas ouvira tudo. Ouvira o farfalhar da seda quando ela se despia, os passos suaves na ponta dos pés; ouvira-a quando aquecia os pés com as mãos. Sentia a própria fraqueza, sentia que podia desmoronar a cada minuto, e esse era o motivo pelo qual rezava sem cessar. Experimentava algo parecido com o que devia experimentar o herói dos contos de fada cuja missão é andar sempre em frente sem olhar para os lados. Da mesma forma, Sérgio escutou, pressentiu o perigo, a destruição que pairava sobre ele, a sua volta, e queria se salvar tentando não olhar para ela nem por um minuto. Subitamente, porém, foi dominado pelo desejo abrupto de vê-la. Nesse exato instante, ela disse:

— Escute, isto é desumano. Eu posso morrer.

"Sim, irei, mas irei como o padre que pousa uma das mãos sobre a cabeça da pervertida enquanto coloca a outra sobre as brasas. Mas não há brasas por aqui." Olhou ao redor. A lamparina. Pôs a mão sobre a chama e franziu-se todo, preparando-se para a dor, e ficou satisfeito, pois durante um bom tempo pareceu-lhe que a dor não viria; de repente, porém — sem que tivesse decidido até que ponto poderia suportá-la —, seu rosto se crispou todo, e ele retirou bruscamente a mão de cima da chama, abanando-a. "Não, não posso com isso."

— Pelo amor de Deus! Oh, venha me ver! Estou morrendo, oh!

"E então, vou desmoronar? Não, com certeza não."

— Vou vê-la agora — disse ele. Abriu a porta e, evitando olhá-la, passou em direção à porta do pequeno vestíbulo, tateou até localizar a tora na qual rachava lenha e a machadinha encostada à parede.

— Agora! — exclamou ele e, colocando o dedo indicador da mão esquerda na tora, tomou a machadinha com a mão direita, ergueu-a e golpeou abaixo da segunda falange. O dedo saltou mais leve que uma lasca de lenha, deu um giro no ar e pousou na beira da tora, caindo em seguida no chão.

Escutou o barulho antes de sentir a dor. Mas antes que se surpreendesse com o fato, começou a sentir uma dor pungente e o calor do sangue que escorria. Rapidamente prendeu a falange cortada numa dobra da batina e, apertando-a contra o quadril, voltou ao cômodo, parou de olhos fechados diante da mulher e perguntou em voz baixa:

— O que a senhora deseja?

Ela fitou aquele rosto pálido, a maçã do rosto esquerdo tremendo, e foi tomada de vergonha. Deu um salto, agarrou a peliça e a vestiu, fechando-a bem apertada contra o corpo.

— Bem, eu me senti mal... apanhei um resfriado... eu... padre Sérgio... eu...

Ele ergueu os olhos, cujo brilho irradiava uma felicidade silenciosa, e disse:

— Irmã, queria arruinar sua alma imortal por tão pouco? As tentações precisam entrar no mundo, mas infelizes são aqueles que lhes servem de veículo... Ore para que Deus nos perdoe.

Ela o escutou e olhou para ele. Então, ouviu o ruído de gotas pingando. Baixou os olhos e percebeu o sangue escorrendo da mão escondida sob a batina.

— O que o senhor fez com sua mão? — Lembrou-se do ruído que ouvira e, segurando a lamparina, correu para o vestíbulo e viu o dedo cortado no chão. Voltou mais pálida que ele, queria dizer-lhe algo; mas ele voltou silenciosamente para trás do tabique e fechou a porta.

— Perdoe-me — disse ela. — O que faço para me redimir deste pecado?

— Vá embora.

— Deixe-me fazer um curativo nessa ferida.

— Vá embora daqui.

Ela se vestiu às pressas, em silêncio. E, já pronta em sua peliça, sentou-se e aguardou. Um som de guizos soou lá fora.

— Padre Sérgio, perdoe-me.

— Vá. Deus a perdoará.

— Padre Sérgio, vou mudar de vida. Não me desampare.

— Vá embora.

— Perdoe-me e me abençoe.

— Em nome do Pai, do Filho e do Espírito Santo. — Ouviu-se a voz por trás do tabique. — Vá.

Ela se pôs a soluçar e saiu da cela. O advogado veio a seu encontro.

— Pelo jeito perdi a aposta — disse ele —, o que fazer? Onde quer se sentar?

— Tanto faz.

Sentou-se e não disse uma palavra até chegar em casa.

Um ano depois, tomou o hábito como noviça e viveu uma

vida rigorosa no monastério, sob a direção do eremita Arsiêni, que lhe escrevia cartas de tempos em tempos.

VI

O padre Sérgio permaneceu recluso por mais sete anos. De início, aceitava muito do que lhe traziam: chá, açúcar, pão branco, leite, roupa, lenha. Contudo, com o passar do tempo, tornava-se mais e mais rígido consigo mesmo, recusando todo o supérfluo, até que, por fim, chegou ao ponto de não aceitar nada além de pão preto uma vez por semana. Tudo o que lhe traziam distribuía aos pobres que vinham até ele.

Passava o tempo todo na cela orando ou conversando com os visitantes, que chegavam em número cada vez maior. Saía apenas para ir à igreja três vezes ao ano, e somente quando necessário ia em busca de água e lenha.

Os fatos ocorridos durante a reclusão do padre Sérgio — a visita noturna de Mákovkina, sua conversão e seu ingresso no monastério — logo se espalharam por toda parte. A partir dessa época, a fama do padre Sérgio cresceu. O número de visitantes aumentava sem parar, alguns monges instalaram-se junto a sua cela, ergueram-se uma igreja e uma hospedaria. Como de costume, a fama excedia os feitos. Vinham até ele pessoas dos cantos mais distantes, trazendo-lhe doentes, acreditando em seu poder de cura.

A primeira cura ocorreu no oitavo ano de sua vida como recluso, com um garoto de quatorze anos cuja mãe o trouxera ao padre Sérgio exigindo que este o tocasse com a mão. Nunca lhe ocorrera que pudesse curar doentes. Consideraria tal pensamento como grande pecado de orgulho; mas a mãe que trouxera o garoto havia implorado com veemência, ajoelhando-se a seus pés e perguntando por que, pelo amor de Cristo, ele não queria ajudar seu filho, logo ele, que havia curado outras pessoas. Quando o padre Sérgio afirmou que só Deus tinha o poder de cura, ela retrucou que pedia apenas que o tocasse e orasse por ele. O padre Sérgio recusou-se e entrou em sua cela. No dia seguinte, porém — isso ocorrera no outono, as noites já eram frias —, ao sair da cela para buscar água, avistou a mãe e o filho, um garoto, pálido, descarnado, e ouviu o mesmo apelo ardente. Lembrou-se da parábola do juiz injusto e, se antes não tinha dúvidas quanto a recusar o pedido, agora ficou indeciso, e nessa indecisão começou a rezar, e rezou até que uma resposta surgiu em sua alma: acederia ao pedido da mulher, cuja fé poderia salvar o filho; ele próprio, padre Sérgio, seria nesse caso um reles instrumento eleito por Deus.

Dirigindo-se até onde os dois se encontravam, o padre Sérgio realizou o desejo da mãe, colocando a mão na cabeça do garoto e pondo-se a rezar.

A mãe partiu com o filho, e, um mês depois, o garoto se restabeleceu, e espalhou-se pelos arredores a fama do santo poder de cura do *stáriets* Sérgio, como agora o chamavam. Daí em diante, não passava semana sem que chegassem pessoas trazendo seus doentes. Como não se havia recusado a um, não poderia recusar-se aos outros, e assim pousou a mão em muitos e por muitos orou, e a muitos curou; e a fama do padre Sérgio propagou-se aos quatro ventos.

Assim transcorreram nove anos de monastério e treze de reclusão. Padre Sérgio tinha a aparência de um *stáriets*; tinha a barba comprida e grisalha, mas os cabelos, embora ralos, ainda eram negros e ondulados.

VII

Um pensamento insistente perseguia o padre Sérgio havia algumas semanas: era certo submeter-se àquela situação na qual se encontrava, não tanto por mérito próprio, mas por obra do arquimandrita e de seu superior? Tudo começou após a recuperação do garoto de quatorze anos; daquela época em diante, a cada mês, a cada semana, a cada dia, Sérgio sentia sua vida interior aniquilada e substituída pela vida exterior. Era como se o tivessem virado às avessas.

Sérgio percebia que era um instrumento para atrair visitantes e donativos ao monastério, e essa era a razão pela qual seus superiores o cercavam de condições que favoreciam ao máximo sua atividade. Por exemplo, já não lhe davam a mínima chance de executar qualquer tipo de trabalho. Abasteciam-no de tudo o que poderia ser necessário e dele exigiam apenas que não privasse os visitantes da bênção. Para sua comodidade, estipularam os dias nos quais receberia visitantes. Montaram um recinto para os homens e um espaço cercado por uma balaustrada para que as mulheres não se atirassem sobre ele e o derrubassem, um espaço no qual pudesse dar a bênção aos que chegavam. Se lhe dissessem que era necessário às pessoas, que para cumprir a lei do amor cristão não poderia negar-se aos pedidos de vê-lo, que afastar de si as pessoas seria um ato cruel, ele não poderia deixar de concordar; mas, à medida que se entregava a esse tipo de vida, sentia que o interior tornava-se exterior, que nele se esgotava a fonte de água límpida, que seus atos estavam voltados cada vez mais aos homens e não a Deus.

Admoestando as pessoas ou simplesmente as abençoando, orando pelos doentes ou dando conselhos sobre o sentido da vida, aceitando os agradecimentos daqueles a quem ajudara com a cura — como lhe asseguravam — ou com ensinamentos, ele não podia deixar de se alegrar e de imaginar os efeitos de sua atividade, a influência que exercia sobre as pessoas. Imaginava a si próprio como um facho de luz ardente e, quanto mais pensava nisso, mais sentia o enfraquecimento, a extinção da luz da verdade divina que nele ardia. "O que faço por Deus e o que faço pelas pessoas?" — essa era a pergunta que o atormentava constantemente e para a qual nunca tinha resposta, não porque não pudesse, mas porque não se resolvia a respondê-la. No fundo da alma, sentia que o diabo substituíra toda a sua atividade voltada a Deus pela atividade voltada aos homens. Sentia que, se antes era difícil apartar-se da solidão, agora era a solidão que se tornava um peso. Os visitantes incomodavam-no, cansavam-no, mas no fundo da alma alegrava-se com eles, alegravam-lhe os elogios com os quais o cercavam.

Houve uma época na qual decidira ir embora, esconder-se. Havia até mesmo planejado como faria. Separou uma camisa de mujique, calças, um cafetã, um gorro. Explicou-se dizendo que precisava das roupas para doar aos pedintes. Mas guardou-as para si, arquitetando um meio de vesti-las, cortar os cabelos e partir. Primeiro, pegaria o trem, andaria trezentas verstas, desceria e seguiria pelas aldeias. Indagara de um velho soldado o melhor caminho, como seria recebido, como o hospedariam. O soldado disse-lhe como e onde seria melhor recebido e hospedado, e era assim mesmo que o padre Sérgio queria fazer. Certa noite, chegou até a se vestir com a intenção de partir, mas não sabia o que era melhor: ficar ou fugir. De início ficou indeciso, depois a indecisão passou e se adaptou, submeteu-se ao diabo, e só as roupas de mujique lembravam-no daquela ideia.

A cada dia que passava, mais e mais pessoas afluíam e cada vez menos tempo sobrava para as orações e o fortalecimento da alma. Às vezes, em instantes de lucidez, imaginava-se como um lugar onde antes houvera uma fonte. "Havia uma débil fonte de água límpida que corria silenciosa dentro de mim, através de mim. Aquela era a verdadeira vida, no tempo em que *ela*" — sempre recordava extasiado aquela noite e aquela que se tornara a madre Ágnia — "me seduziu. Ela provou daquela água pura. Mas desde então não houve tempo para acumular água, com tantos sedentos que se achegam, apertam, empurram uns aos outros. E a tudo vão derrubando aos trambolhões, reduzindo tudo a lama." Assim pensava nos raros instantes de lucidez; mas seu estado habitual era de fadiga e de comoção diante da própria fadiga.

Era primavera, véspera de Pentecostes. O padre Sérgio oficiava em sua pequena capela na gruta. Os fiéis, umas vinte pessoas, ocupavam o lugar inteiro. Eram senhores e comerciantes, gente de posses. Ele permitia a entrada de todos, mas a escolha era feita por um monge e um assistente que o monastério enviava todos os dias para a ermida. A multidão, cerca de oitenta peregrinos, sobretudo mulheres do campo, aglomerava-se do lado de fora esperando a bênção. No meio do ofício, quando se dirigia à tumba de seu predecessor para glorificá-lo, o padre Sérgio cambaleou, e teria caído se não fosse amparado por um comerciante e um monge que fazia as vezes de diácono.

— O que o senhor tem? Paizinho! Padre Sérgio! Queridinho! Meu Deus! — ecoaram vozes femininas. — Está branco como um lenço...

Mas o padre Sérgio recobrou-se de imediato. Embora

muito pálido, afastou o comerciante e o diácono, e continuou com os cânticos. O padre Serapion, o diácono, os acólitos, Sofia Ivánovna — uma senhora que sempre vivera junto à ermida e zelava pelo padre Sérgio —, todos pediram que ele interrompesse o serviço.

— Não é nada, não é nada — disse padre Sérgio, esboçando um sorriso sob o bigode —, não interrompam o serviço.

"É assim que os santos agem", pensou ele.

— Um santo! Um anjo de Deus! — Ouviu atrás de si as vozes de Sofia Ivánovna e do comerciante que o tinha amparado. Não obedeceu aos apelos e seguiu com o serviço. Comprimindo-se novamente, todos voltaram pelo corredor estreito até a capela, e lá, ainda que abreviando um pouco, padre Sérgio encerrou as vésperas.

Logo em seguida, o padre Sérgio abençoou todos os presentes e dirigiu-se a um banquinho sob um olmo junto à entrada da gruta. Sentia necessidade de descansar, de respirar o ar fresco, mas nem bem saíra e a multidão atirou-se em sua direção pedindo bênçãos, conselhos, ajuda. Eram peregrinos que perambulavam de um lugar santo a outro, de um *stáriets* a outro, sempre a se enternecer em cada lugar sagrado, a cada *stáriets*. O padre Sérgio conhecia aquele tipo comum, pouco religioso, frio, convencional. Havia bom número de soldados reformados que fugiam da vida sedentária, miseráveis, velhos bêbados vagando de monastério em monastério em busca de alimento; havia também camponeses e camponesas com pedidos egoístas de cura ou dúvidas sobre os assuntos mais comezinhos: o casamento de uma filha, o aluguel de uma vendinha, uma compra de terras ou a culpa por ter posto no mundo uma criança ilegítima. O padre Sérgio conhecia tudo aquilo e não tinha o mínimo interesse por essas histórias. Sabia que não aprenderia nada de novo dessas pessoas, que não lhe despertariam nenhum sentimento de fé, mas gostava de vê-las na multidão para a qual suas bênçãos e palavras eram caras e necessárias; por isso, se de um lado a multidão o incomodava, por outro deixava-o satisfeito. O padre Serapion começou a afastar todos dizendo que o padre Sérgio precisava descansar, mas este se lembrou das palavras "que venham a mim as criancinhas" e, comovendo-se consigo mesmo diante dessa lembrança, disse que os deixasse entrar.

    Levantou-se, aproximou-se da balaustrada perto da qual a multidão se apinhava e começou a abençoar e responder às perguntas num tom de voz tão fraco que ele mesmo se emocionou. Mas por mais que quisesse receber a todos, não pôde mais: a vista novamente escureceu, ele cambaleou e se agarrou à balaustrada. Sentiu outra vez o sangue afluir à cabeça e de novo empalideceu; mas as cores voltaram-lhe prontamente.

    — Bem, vejo-os amanhã. Agora não posso mais — disse ele e, após abençoar a todos, voltou ao banquinho. O comerciante mais uma vez acompanhou o padre Sérgio, conduzindo-o pela mão e fazendo-o sentar-se.

— Padre! — ecoou uma voz da multidão. — Padre! Paizinho! Não nos abandone. Estamos perdidos!

Após ter acomodado o padre Sérgio no banquinho sob o olmo, o comerciante tomou para si a tarefa de policial e dispersou energicamente a multidão. Falava tão baixo que o padre Sérgio nem pôde escutá-lo; seu tom de voz, no entanto, era firme e severo:

— Andem, andem! Ele já não deu a benção? O que mais vocês querem? Saiam ou juro que lhes quebro o pescoço. Vamos, vamos! Você aí, velha esfarrapada, saia, saia! Aonde pensa que vai? Já disse que terminou. Amanhã, se Deus quiser, mas por ora acabou.

— Paizinho, só vou espiar pelo buraquinho o rostinho dele — disse a velha.

— Não vai espiar coisa nenhuma! Aonde pensa que vai?

O padre Sérgio notou que o comerciante estava sendo severo e disse ao assistente num tom de voz débil que não enxotassem as pessoas. Sabia que iam colocar a multidão para fora assim mesmo e queria muito ficar a sós e descansar, mas enviou o assistente para causar impressão.

— Está bem, está bem. Não estou colocando ninguém para fora, estou apenas tentando enfiar um pouco de juízo na cabeça deles — respondeu o comerciante —, eles gostam mesmo é de levar um homem à cova. Não têm um pingo de compaixão, só pensam em si mesmos. Já dissemos que hoje não é mais possível. Andem! Amanhã! — E colocou todos para fora.

O comerciante mostrava tanto zelo porque gostava de ordem, gostava de fazer as pessoas correrem, dominá-las, mas principalmente porque precisava do padre Sérgio. Era viúvo e tinha uma única filha, doente e sem marido, a quem havia trazido por mil e quatrocentas verstas para que o padre Sérgio a curasse. Durante dois anos, levara a filha aos mais diversos lugares na tentativa de curá-la. Primeiro, à clínica universitária da capital da província, em vão; depois, a um mujique da província de Samara, que a fez melhorar um pouquinho; mais tarde, a um médico de Moscou, que cobrou bem caro, para nada. Agora haviam lhe falado das curas do padre Sérgio, e resolveu trazê-la até ele. Assim, depois de colocar a multidão para fora, o comerciante aproximou-se do padre Sérgio, pôs-se de joelhos sem qualquer aviso e disse em voz alta:

— Padre santo, abençoe minha filha para que ela se cure do mal de que padece. Eu me prosterno a seus santos pés — e uniu ambas as mãos em súplica. Fez e disse tudo isso como se estivesse agindo por determinação clara e firme da lei e dos costumes, como se não houvesse nenhuma maneira senão aquela de pedir pela cura da filha. Agiu com tanta certeza que mesmo o padre Sérgio se convenceu de que aquele era o único modo de proceder. De qualquer maneira, o padre Sérgio pediu que o comerciante se sentasse e falasse do problema. O comerciante contou que a filha, uma jovem de vinte e dois anos, adoecera havia dois anos, após a morte repentina da mãe; segundo ele, soltara um suspiro e, a partir daí, nunca mais voltara ao normal. Haviam viajado por mil e quatrocentas verstas, e agora ela aguardava na hospedaria até que o padre Sérgio desse permissão para trazê-la. Ela não saía durante o dia com medo da claridade, só depois do pôr do sol.

— Mas então ela está muito fraca? — perguntou o padre Sérgio.

— Não, ela não sofre de fraqueza, é robusta, só que é neurastênica, como disse o doutor. Se me deixasse trazê-la, padre Sérgio, eu voaria com minha alma para buscá-la. Padre santo, faça o coração deste pai viver novamente, restabeleça minha linhagem, salve minha filha doente com suas preces.

E de novo, num ímpeto, o comerciante caiu de joelhos, inclinou-se, a cabeça apoiada nas duas mãos unidas, imóvel. O padre Sérgio pediu-lhe uma vez mais que se levantasse e, pensando como sua vida era difícil e como assim mesmo carregava-a submisso, suspirou fundo, guardou silêncio por alguns minutos e disse:

— Está bem, traga-a de noitinha. Rezarei por ela, mas agora estou cansado. — Fechou os olhos. — Estarei aqui, esperando.

O comerciante afastou-se pisando a areia na ponta dos pés, pois suas botas rangiam alto, e o padre Sérgio ficou sozinho.

Sua vida era repleta de trabalho e de visitantes, mas aquele fora um dia particularmente difícil. De manhã, mantivera uma longa conversa com uma personagem importante vinda de longe; em seguida, recebera uma senhora e seu filho, um jovem professor ateu, a quem a mãe, mulher de fé ardente e devota do padre Sérgio, havia trazido para que este o persuadisse. A conversa fora muito cansativa. Pelo visto, o jovem não queria entrar em discussão com um monge e concordava com tudo, como se tratasse com alguém inferior; o padre Sérgio, no entanto, percebeu que o jovem não acreditava em nada do que dizia e que, a despeito disso, estava à vontade, tranquilo. Recordava com desgosto aquela conversa.

— Coma, paizinho — disse o assistente.

— Está bem, traga alguma coisa.

O assistente saiu em direção à pequena tenda armada a dez passos de distância da gruta; o padre Sérgio ficou sozinho.

Fora-se o tempo em que padre Sérgio vivia só e fazia tudo sozinho, alimentando-se de pão e hóstia. Havia tempos que o censuravam dizendo que não tinha o direito de descuidar da saúde e o alimentavam com pratos frugais, mas saudáveis. Servia-se de pouco, mas bem mais que antes, e muitas vezes comia com satisfação, não com a aversão e a culpa de outrora. E agora também. Tomou mingau, uma xícara de chá e comeu metade de um pão branco.

O assistente afastou-se, e ele ficou sozinho no pequeno banco sob o olmo.

Era um entardecer radiante de maio, e as folhas começavam a brotar nos carvalhos, bétulas, olmos, cerejeiras e álamos. Os arbustos de cereja-dos-passarinhos atrás do olmo estavam carregados e não haviam ainda perdido as flores. Os rouxinóis — um dos quais bem perto, outros dois ou três sob os arbustos junto ao lago — chilreavam e se punham a cantar. Do rio chegavam sons distantes da cantoria de camponeses, por certo retornando do trabalho; o sol se punha por detrás da floresta, e seus raios penetravam e se espalhavam pelo verdume. Um verde brilhante tomava todo aquele lado, enquanto do outro, onde estava o olmo, começava a escurecer. Os besouros voavam em rasante, batiam em obstáculos e caíam por terra.

Depois do jantar, o padre Sérgio fez uma prece silenciosa: "Senhor Jesus Cristo, filho de Deus, perdoa-nos", em seguida começou a ler um salmo; de repente, no meio do salmo, sem mais nem menos, um pardal voou dos arbustos para o chão e, gorjeando e saltando, veio até ele, assustou-se com algo e tornou a voar. Ele leu a oração que falava da renúncia ao mundo, e apressou-se em lê-la mais rapidamente, a fim de mandar trazer o comerciante e a filha doente: ela o interessava. Interessava-o porque era uma distração, uma cara nova, porque tanto pai como filha julgavam-no um favorito de Deus cujas preces se realizavam. Renegou tal pensamento, mas no fundo da alma era assim que se considerava.

Sempre ficava surpreso com o fato de que ele, Stiepán Kassátski, tivesse se tornado essa santidade singular e milagreira, mas não tinha como duvidar: não podia deixar de crer nos milagres que vira com os próprios olhos, do garoto debilitado à velhinha que recuperara a visão com suas rezas.

Por mais estranho que fosse, assim era. Da mesma forma, a filha do comerciante interessava-o por ser uma cara nova, pelo fato de acreditar nele, e também porque aquela era uma oportunidade de confirmar mais uma vez seu poder de cura e sua fama. "Pessoas percorrem milhares de verstas para chegar até aqui, escrevem sobre o fato no jornal, o imperador está a par, bem como a Europa, toda a Europa descrente", pensou ele. E de súbito tomou-se de vergonha por sua vaidade e pôs-se de novo a rezar a Deus. "Senhor, tsar dos céus, consolador, alma da verdade! Livra-me de todo o mal, salva e abençoa minha alma. Livra-me do mal da vaidade humana que me domina", repetiu e lembrou-se de quantas vezes rezara pelo mesmo motivo e como haviam sido em vão as orações: suas rezas haviam feito milagres para outras pessoas, mas não puderam obter de Deus a libertação dessa paixão fútil.

Lembrou-se de suas orações no início da reclusão, quando pedia por pureza, humildade e amor, e de como parecia-lhe então que Deus ouvia suas preces. Permanecera puro, cortara o próprio dedo, erguera aquele toco enrugado e o beijara; parecia-lhe agora que, naquela época, ao sentir-se o tempo todo um ser abjeto e pecaminoso, fora humilde; e parecia-lhe que então conhecera amor, lembrando-se da emoção com que acolhera aquele velho soldado bêbado que pedia uns trocados ou *dela* que viera tentá-lo. E agora? Perguntava a si mesmo se amava Sofia Ivánovna, o padre Serapion, se conservava alguma espécie de sentimento por todas aquelas pessoas que atualmente viviam ao seu redor, pelo jovem erudito com quem tivera aquela discussão instrutiva, na qual cuidara tão somente de mostrar sua sabedoria. Gostava, precisava do amor que lhe devotavam, mas não correspondia a ele. Agora não havia nele nem amor, nem humildade, nem pureza.

 Ficara feliz ao saber que a filha do comerciante tinha vinte e dois anos, estava curioso para saber se era bonita. Ao perguntar sobre sua fraqueza, na verdade queria saber se era atraente ou não.

 "Rebaixei-me a tal ponto?", pensou ele. "Senhor, ajuda-me; recria-me, Senhor meu Deus." Uniu as mãos em súplica e pôs-se a rezar. Os rouxinóis gorjeavam. Um besouro chocou-se contra ele e deslizou por sua nuca. O padre Sérgio afugentou-o. "Mas será que Ele existe? E se eu estiver batendo numa casa fechada por fora... A chave está na porta e posso vê-la: os rouxinóis, os besouros, a natureza. Talvez o jovem esteja certo." Começou a rezar em voz alta, e assim ficou por muito tempo, até curar-se daqueles pensamentos; de novo se sentiu tranquilo e confiante. Tocou a sineta e pediu ao assistente que fosse buscar o comerciante e sua filha.

 O comerciante trouxe a filha pela mão, acompanhou-a até a cela e saiu em seguida.

 Era uma jovem loira, muito branca, pálida, roliça, extremamente dócil, com rosto de criança assustada e formas femininas bem desenvolvidas. O padre Sérgio estava sentado no banquinho à entrada da cela. Horrorizou-se com seu modo de olhar para o corpo da jovem que se aproximava e parava a seu lado, esperando pela bênção. Sentiu uma ferroada quando ela passou adiante. Em seu rosto, o padre Sérgio divisou a sensualidade e a fraqueza de espírito. Levantou-se e entrou na cela.

Ela estava sentada lá dentro, aguardando-o. Ao vê-lo entrar, levantou-se.

— Quero ficar com o papai — disse ela.

— Não tenha medo — disse ele. — O que você tem?

— Tudo em mim dói — respondeu ela, e de repente seu rosto iluminou-se num sorriso.

— Você vai ficar bem — disse ele. — Reze.

— Para que rezar, se eu já rezei e de nada adiantou? — Ela era toda sorrisos. — Coloque sua mão sobre mim. Vi o senhor em sonho.

— Como assim?

— Vi o senhor colocando a mão sobre meu peito. — Pegou a mão dele e colocou-a sobre o peito. — Assim.

Ele estendeu a mão direita.

— Como você se chama? — perguntou, o corpo todo tremendo, sentindo-se vencido, o desejo fugindo ao controle.

— Mária. Por quê?

Ela tomou a mão dele e a beijou, enlaçando-lhe em seguida a cintura e puxando-o para si.

— O que está fazendo? — disse ele. — Mária, você é um demônio!

— Pode ser. O que importa?

Abraçou-o e sentou-se com ele sobre o leito.

***

Ao amanhecer, o padre Sérgio saiu para o pátio.

"Será que tudo isso aconteceu? O pai virá. Ela vai contar. É um demônio. E o que faço agora? Aqui está a machadinha com a qual cortei o dedo." Apanhou-a e virou-se para entrar na cela.

O assistente foi ao seu encontro.

— O senhor quer um pouco de lenha? Dê-me isso.

O padre Sérgio entregou a machadinha. Voltou para a cela. Ela estava deitada e dormia. Olhou-a com horror. Atravessou o cômodo, procurou pelas roupas de mujique, vestiu-as, pegou a tesoura, cortou os cabelos e saiu tomando um atalho que descia a ladeira para o rio, por onde não andava havia quatro anos.

A estrada margeava o rio; seguiu por ela até a hora do jantar. Depois atravessou um campo de centeio, no qual se deitou para descansar. Ao anoitecer, continuou a caminhada em direção a uma aldeia à beira do rio. Passou ao largo da aldeia e seguiu por um barranco do rio.

Era de manhãzinha, meia hora antes do nascer do sol. Um tom cinzento e lúgubre recobria tudo, e do oeste soprava um vento gelado. "Sim, preciso acabar com isso. Deus não existe. Mas como? Lançando-me ao rio? Sei nadar e não me afogaria. Vou me enforcar? Sim, com meu cinto, num galho de árvore." A ideia pareceu tão plausível e próxima que o aterrorizou. Como de costume em momentos de aflição, sentiu necessidade de rezar. Mas não havia a quem rezar. Deus não existia. Deitou-se apoiando a cabeça sobre as mãos. De súbito foi tomado por tanto sono que não suportou mais o peso da cabeça, tombou sobre os braços estendidos, adormeceu imediatamente. Mas o sono durou apenas alguns minutos; logo despertou e se pôs a devanear, talvez a relembrar.

Viu-se ainda criança, no campo, na casa da mãe. Uma caleche vem em sua direção e dela saem tio Nikolai Sierguêievitch com sua barba negra e comprida, e uma menina magrinha, Páchenka, de tristes e dóceis olhos graúdos e expressão acanhada. Ele tem de levar Páchenka até seus amiguinhos. E tem de brincar com ela, embora isso o aborreça. Ela é tola. E no fim todos se riem dela, querem que mostre como sabe nadar. Ela se estica no chão e mostra a eles. E todos caem na gargalhada, fazendo-a de boba. Ela percebe e fica toda vermelha e ainda mais triste, tão triste que ele fica envergonhado e nunca mais esquece aquele sorriso torto, bondoso, dócil. E Sérgio se recorda de quando a viu após o incidente. Viu-a muito tempo depois, pouco antes de se tornar monge. Casara-se com um fazendeiro que dilapidara toda a fortuna dela e batia nela. Tivera dois filhos, um menino e uma menina. O menino morreu ainda criança.

Sérgio lembrou de tê-la visto muito infeliz. Encontraram-se depois, ela viúva, ele no monastério. Continuava a mesma, ele não diria tola, mas insípida, insignificante, triste. Viera com a filha e o noivo dela. Nessa época já eram pobres. Depois ficou sabendo que vivia miseravelmente numa cidadezinha de província. "Por que estou pensando nela?", perguntou a si mesmo. Mas não conseguia evitar tal pensamento. "Onde estará ela? O que lhe aconteceu? Será que continua tão infeliz como era quando a forçamos a nadar no chão? Mas por que não paro de pensar nela? O que acontece comigo? Isso precisa ter um fim."

De novo sentiu medo, e, para escapar àquelas ideias, voltou os pensamentos para Páchenka.

Ficou deitado assim por um bom tempo, ora pensando em seu fim inevitável, ora em Páchenka. Esta era como uma tábua de salvação. Finalmente pegou no sono. E, em seus sonhos, viu um anjo que se aproximava e dizia: "Procure Páchenka e aprenda com ela o que você deve fazer, qual o seu pecado, qual a sua salvação".

Despertou e, tendo decidido que aquilo fora uma visão divina, alegrou-se e resolveu fazer o que a visão havia indicado. Conhecia a cidade na qual Páchenka vivia, ficava a trezentas verstas dali, e para lá seguiu.

VIII

Havia muito tempo Páchenka já não era mais Páchenka, e sim Praskóvia Mikháilovna, uma senhora mirrada, cheia de rugas, sogra de Mavríkiev, funcionário azarado e bêbado. Estava morando na cidade para a qual o genro havia sido designado da última vez, e lá sustentava a família: a filha, o genro doente e neurastênico, e cinco netos.

Sustentava-os ministrando aulas de música para filhas de comerciantes por cinquenta copeques a hora. Dava quatro ou cinco aulas por dia, somando ao final do mês cerca de sessenta rublos. E assim viviam, aguardando outra designação. Praskóvia Mikháilovna enviara cartas a todos os parentes e conhecidos solicitando um posto para o genro — até mesmo ao padre Sérgio. Mas a carta nunca chegara até ele.

Era sábado, e Praskóvia Mikháilovna preparava a massa de um pão com uvas passas, igual ao que um servo de seu paizinho preparava com tanto esmero. Praskóvia Mikháilovna queria servi-lo domingo, na festa do neto.

Macha, sua filha, estava cuidando do menorzinho; os mais velhos, uma menina e um menino, estavam na escola. O genro não havia dormido à noite e agora tirava um cochilo. Praskóvia Mikháilovna também ficara acordada durante bom tempo na noite anterior, tentando abrandar a ira da filha contra o marido.

Percebera que o genro, um sujeito fraco, não poderia ser ou agir de outra forma, percebera que a recriminação da mulher não ajudava em nada, e dava o melhor de si para acalmar a situação e evitar as acusações, a raiva. Sofria quase fisicamente ao notar o rancor entre as pessoas. Tinha claro para si que aquilo só piorava a situação. Não que pensasse dessa forma; simplesmente sofria com a visão do mal, como se fosse um cheiro ruim, um ruído agudo ou um golpe no corpo.

Estava satisfeita por ter ensinado Lukéria a amassar o pão quando Micha, o neto de seis anos, entrou assustado na cozinha, vestindo seu aventalzinho, os pezinhos tortos metidos em meias cerzidas.

— Vovó, tem um velho que mete medo chamando a senhora!

Lukéria deu uma espiada.

— Parece um peregrino!

Praskóvia Mikháilovna esfregou os braços magros um no outro, enxugou as mãos no avental e saiu em busca do porta-moedas para pegar cinco copeques, quando lembrou que não tinha nenhuma moeda menor que dez copeques e resolveu oferecer pão ao peregrino, retornando ao guarda-louça; subitamente, a ideia de que estava sendo sovina fez que enrubescesse e, pedindo que Lukéria cortasse um pedaço de pão, foi buscar o porta-moedas. "Este vai ser o seu castigo", disse a si mesma. "Dê em dobro."

Desculpando-se, deu o pedaço de pão e a moeda ao peregrino; além de não sentir nenhum orgulho, envergonhou-se por oferecer tão pouco. O peregrino tinha um ar digno.

Apesar de ter atravessado trezentas verstas como mendigo, apesar de magro, as roupas em farrapos, a pele escurecida pelo sol e os cabelos curtos, o chapéu e as botas de mujique, apesar da aparência humilde, Sérgio conservava aquele ar nobre que o tornava tão atraente. Mas

Praskóvia Mikháilovna não o reconheceu. E nem poderia, pois não o vira por quase trinta anos.

— Não repare, paizinho. Talvez o senhor queira comer alguma coisa?

Ele pegou o dinheiro e o pão. Praskóvia Mikháilovna admirou-se porque, em vez de ir embora, o homem continuava ali, olhando-a.

— Páchenka, vim ter com você. Deixe-me entrar.

E os belos olhos negros olharam-na fixamente, suplicantes, brilhando com as lágrimas que brotavam. Os lábios tremiam lamentosos sob o bigode grisalho.

Imóvel, boquiaberta, Praskóvia Mikháilovna apertou as mãos sobre o peito mirrado, fixando os olhos arregalados no rosto do peregrino.

— Mas não pode ser! Stiepán! Sérgio! Padre Sérgio!

— Sim, eu mesmo — respondeu Sérgio, em voz baixa. — Só que não sou Sérgio ou padre Sérgio, sou o grande pecador Stiepán Kassátski, o grande pecador sem remissão. Deixe-me entrar, ajude-me.

— Mas não pode ser... como o senhor chegou a tal ponto? Mas vamos entrar.

Estendeu a mão; ele não a aceitou e a seguiu.

Mas onde acomodá-lo? A casa era muito pequena. Antes, Praskóvia Mikháilovna tinha um recinto minúsculo, quase uma despensa, só para ela, mas depois o cedera à filha. Macha agora estava lá, amamentando.

— Sente-se aqui por enquanto — disse ela a Sérgio, indicando um banco na cozinha.

Sérgio sentou-se prontamente e, num gesto aparentemente habitual, tirou o saco de viagem primeiro de um, depois do outro ombro.

— Meu Deus, meu Deus! Como o senhor chegou a tal ponto, paizinho! Tão famoso e de repente assim...

Sérgio não respondeu, apenas sorriu, dócil, colocando o saco de viagem no chão, a seu lado.

— Macha, sabe quem é?

Contou em voz baixa à filha que se tratava de Sérgio, e, juntas, tiraram a cama e o berço da despensa, deixando-a livre para ele.

Praskóvia Mikháilovna levou-o para o quartinho.

— Bem, descanse aqui. Não repare, mas preciso sair.

— Aonde você vai?

— Dou aulas, mas tenho até vergonha de dizer... ensino música.

— Música, isso é bom. Apenas uma coisa, Praskóvia Mikháilovna: eu vim ter com você aqui com um único objetivo. Quando poderemos conversar?

— Fico muito honrada. Pode ser esta noite?

— Sim. Só mais um pedido: não comente sobre mim ou quem eu sou. Revelei-me apenas para você. Ninguém sabe para onde vim. É preciso que seja assim.

— Ah, eu disse para a minha filha!

— Peça-lhe que não diga nada a ninguém.

Sérgio tirou as botas, deitou-se e dormiu imediatamente, após uma noite em claro e quarenta verstas de caminhada.

Quando Praskóvia Mikháilovna voltou, Sérgio estava sentado no quartinho, esperando-a. Não havia jantado, mas tomara o mingau e a sopa que Lukéria havia oferecido.

— O que houve para você voltar mais cedo? — disse Sérgio. — Podemos conversar agora?

— E o que me diz da felicidade de receber tal visita? Deixei uma aula para depois... Eu sonhava em vê-lo, escrevi uma carta, e de repente essa felicidade...

— Páchenka, por favor, receba as palavras que lhe direi agora como uma confissão, como palavras ditas a Deus na hora da morte. Páchenka, não sou um homem santo, não sou nem mesmo um homem simples e comum: sou um pecador torpe, abjeto, um pervertido, um pecador orgulhoso e, se não sou o que há de pior na raça humana, estou entre os piores dos piores.

Páchenka olhou-o de início com os olhos arregalados, acreditava nele. Depois, quando entendeu por inteiro o que ele dizia, tocou a mão dele e disse, sorrindo piedosa:

— Stiva, você não está exagerando um pouco?

— Não, Páchenka. Sou um pervertido, assassino, blasfemo, embusteiro.

— Deus meu! Mas o que é isso! — exclamou Praskóvia Mikháilovna.

— Mas preciso seguir vivendo. E eu que pensava que sabia tudo, que ensinava aos outros como viver... eu não sei nada, e peço a você que me ensine.

— O que há com você, Stiva? Você está rindo de mim. Por que você está sempre rindo de mim?

— Se você acha isso, está bem, estou rindo; mas diga-me como é sua vida e como a viveu até agora.

— Eu? Bem, eu sempre tive uma vida abjeta, detestável, e agora Deus me castiga como mereço; levo uma vida ruim, muito ruim...

— E como era seu casamento? Como vivia com seu marido?

— Era tudo ruim. Apaixonei-me do pior modo possível. Papai não queria o casamento. Mas eu estava completamente cega e me casei. E, em vez de ajudar meu marido, atormentava-o com ciúmes que eu não conseguia controlar.

— Ele bebia, ouvi dizer.

— Verdade, mas eu não lhe dava descanso. Vivia fazendo acusações. Aquilo era uma verdadeira doença. Ele não se controlava, e agora sei que eu não fazia concessões. E as cenas entre nós eram terríveis.

Fitou Kassátski com belos olhos, que sofriam com a lembrança.

Kassátski recordou como soubera da história. Agora, olhando para aquele pescoço magro, descarnado, as veias saltadas por trás das orelhas e os cabelos em tufos, ralos, meio grisalhos, meio castanhos, podia imaginar como tudo acontecera.

— Depois fiquei sozinha com dois filhos e sem dinheiro.

— Mas você tinha uma propriedade.

— Vendemos tudo quando Vássia ainda era vivo. Tínhamos que viver, e, como todas as nossas jovens, eu não sabia fazer nada. Eu era incapaz, uma inútil. Dessa forma gastamos nosso último centavo, passei a ensinar crianças, e assim aprendi um pouco, eu também. Mas então Mítia, que já estava na quarta série, adoeceu, e Deus o levou. Mánietchka apaixonou-se por Vánia, meu genro. E... bem, ele é bom, mas um pouco azarado. É doente.

— Mamãe! — chamou a filha, interrompendo a conversa. — Tome conta de Micha, eu não posso me dividir em duas!

Praskóvia Mikháilovna teve um sobressalto, levantou-se e, pisando o chão apressadamente com os sapatos gastos, saiu do quarto, retornando logo em seguida com um garotinho de dois anos nos braços, que se jogava para trás e se agarrava com as mãozinhas no lenço da avó.

— Bem, onde paramos? Sim, bem, ele conseguiu um cargo muito bom, e seu chefe era muito gentil, mas Vánia não pôde continuar e pediu demissão.

— Mas o que ele tem?

— Neurastenia, uma doença terrível. Nós consultamos um médico, mas precisaríamos partir e não temos como... Eu sempre tenho a esperança de que isso passe por si só. Ele não sente dores, mas...

— Lukéria! — Ouviu-se a voz áspera e débil de Vánia. — Ela sempre desaparece quando preciso dela. Mamãe!

— Já vou — interrompeu-se novamente Praskóvia Mikháilovna. — Ele ainda não jantou. Não pode comer conosco.

Saiu, arranjou alguma coisa por lá e voltou enxugando as mãos queimadas e magras.

— É assim que vivo. Sempre me lastimando, sempre descontente, mas graças a Deus meus netos são todos bons, saudáveis, e ainda podemos viver. Mas por que só eu falo?

— Mas como você faz para viver?

— Eu ganho um pouco. Eu que não gostava de música... agora ela está me ajudando.

Apoiou as mãos pequeninas na cômoda em que estava sentada e, como num exercício, ficou dedilhando.

— E quanto você ganha por aula?

— Pagam às vezes um rublo, às vezes cinquenta ou trinta copeques. São todos muito bons comigo.

— Mas e seus alunos? Estão se dando bem? — perguntou Kassátski, os olhos quase sorrindo.

Praskóvia Mikháilovna não acreditou de imediato que a pergunta fosse séria e o mirou nos olhos com ar interrogativo.

— Estão, sim. Uma delas, a filha do açougueiro, é uma moça excelente. Boa moça, bondosa. Se eu fosse uma mulher apresentável, quero dizer, se tivesse as ligações que papai tinha, eu poderia arrumar um posto para o meu genro. Mas não tenho nada e acabei arrastando todos para onde estamos.

— Sim, sim — disse Kassátski, inclinando a cabeça. — E você, Páchenka, você vai à igreja? — perguntou ele.

— Ah, nem me fale. Ando tão em falta, negligenciando tanto esse lado... faço jejum com as crianças, mas passo meses sem ir. As crianças eu mando...

— E por que você mesma não vai?

— Para dizer a verdade — ela enrubesceu —, fico envergonhada, por minha filha e meus netinhos, de ir com esses farrapos... não tenho nada novo. E, de mais a mais, sou preguiçosa.

— E em casa, você reza?

— Rezo, mas rezo sem pensar. Sei que não deveria ser assim, mas me falta o sentimento. Conheço todas as minhas baixezas...

— Sim, sim, é verdade — incentivou Kassátski, como se aprovasse.

— Já vou, já vou! — disse ela, respondendo ao apelo do genro, e saiu ajeitando o lenço na cabeça.

Dessa vez, demorou a voltar. Quando retornou, Kassátski estava na mesma posição, os cotovelos apoiados nos joelhos, a cabeça descaída. O saco de viagem já estava nas suas costas.

Quando ela entrou carregando uma lamparina de latão sem quebra-luz, ele ergueu os belos olhos fatigados e suspirou profundamente.

— Eu não disse a eles quem você é — começou a falar, tímida —, disse apenas que você é um peregrino nobre, meu conhecido. Venha, vamos tomar um chá na cozinha.

— Não...

— Está bem, então eu trago até aqui.

— Não, não, não quero nada. Deus lhe abençoe, Páchenka. Vou-me embora. Se tiver piedade de mim, não diga a ninguém que me viu. Eu suplico, pelo amor de Deus, não diga nada a ninguém. Eu me curvaria a seus pés se soubesse que não a deixaria embaraçada. Obrigado, e perdoe-me pelo amor de Cristo.

— Dê-me sua bênção.

— Deus abençoará. Perdoe-me pelo amor de Cristo.

Queria partir, mas ela não deixou; foi buscar pão, rosquinhas e manteiga. Ele pegou tudo e partiu.

Estava escuro, mal passara duas casas e já não podia ver mais nada; só sabia por onde estava indo porque o cão do arcipreste continuava latindo.

"Então era isso que meu sonho queria dizer. Páchenka é o que eu deveria ser e não fui. Vivi para os homens a pretexto de viver para Deus; ela vive para Deus achando que vive para as pessoas. Sim, uma boa ação, um copo d'água oferecido sem pensar em recompensa vale mais que tudo que fiz às pessoas. Mas não havia um quinhão de sinceridade no desejo de servir a Deus?", perguntava-se a si mesmo, e a resposta era: "Sim, mas tudo isso era maculado e encoberto pela vaidade humana. Não há Deus para aqueles que, como eu, vivem para a vaidade humana. Vou procurá-Lo".

E seguiu de vila em vila, como fizera para chegar a Páchenka, encontrando-se com outros peregrinos e peregrinas e apartando-se deles, pedindo pão e hospedagem em nome de Cristo. De quando em quando, era injuriado por uma estalajadeira raivosa, um mujique bêbado o xingava, mas na maior parte das vezes davam-lhe de comer, de beber e até uns trocados. Sua aparência senhorial muitas vezes contava a seu favor. Outras vezes, ao contrário, havia quem se alegrasse ao ver um nobre em estado tão miserável. Mas sua gentileza conquistava a todos.

Sempre que encontrava um Evangelho nas casas pelas quais passava, ele o lia, e as pessoas sempre se comoviam e se admiravam com o que escutavam, como se fosse algo novo e ao mesmo tempo muito familiar.

Se lhe acontecia de poder servir às pessoas com conselhos, ensinando a ler e a escrever ou ajudando a apartar brigas, ele não esperava por agradecimentos, partindo assim que tudo se resolvia. E aos poucos Deus ia se revelando nele.

Certa vez, caminhava com duas velhinhas e um soldado. Foram parados por um fidalgo e uma senhora que viajavam em um charabã, seguidos de um homem e uma moça a cavalo. O marido vinha com a filha a cavalo, e no charabã estavam a senhora e um viajante evidentemente francês.

Queriam mostrar *les pèlerins*[8] ao francês, gente que, de acordo com um preconceito generalizado na Rússia, vagava de um canto para outro, fugindo ao trabalho.

Conversavam em francês, achando que não fossem compreendidos.

---

8 "Os peregrinos" — em francês no original.

— *Demandez-leur* — disse o francês — *s'ils sont bien sûrs de ce que leur pèlerinage est agréable à Dieu.*[9]

Perguntaram-lhes. As velhinhas responderam:

— Deus é quem sabe. Os pés lá estiveram; os corações, não se sabe.

Perguntaram ao soldado. Ele respondeu que era sozinho e não tinha para onde ir.

Perguntaram a Kassátski quem era ele:

— Um servo de Deus.

— *Qu'est ce qu'il dit? Il ne répond pas.*

— *Il dit qu'il est un serviteur de Dieu.*

— *Cela doit être un fils de prêtre. Il a de la race. Avez-vous de la petite monnaie?*[10]

O francês encontrou umas moedinhas e deu vinte copeques a cada um.

— *Mais dites-leur que ce n'est pas pour les cierges que je leur donne, mais pour qu'ils se régalent de thé*, chá, chá — riu-se — *pour vous, mon vieux* —[11] disse ele, dando tapinhas com as mãos enluvadas no ombro de Kassátski.

— Cristo o abençoe — respondeu Kassátski, sem vestir o gorro e cumprimentando com a cabeça calva.

---

9 "Pergunte-lhes se eles creem firmemente que sua peregrinação agrada a Deus" — em francês no original.

10 "O que ele diz? Ele não responde"; "Ele diz que é um servo de Deus"; "Deve ser filho de padre. Revela a raça. Vocês têm um trocado?" — em francês no original.

11 "Diga-lhes que estou dando não para as velas, mas para que se regalem com chá... Para você, meu velho" — em francês no original.

Kassátski ficou particularmente feliz com esse encontro, porque não fez caso da opinião das pessoas e agiu da forma mais simples e fácil: aceitou os vinte copeques com humildade e os deu a um companheiro, um cego indigente. Quanto menos importância dava à opinião das pessoas, mais fortemente sentia a presença de Deus.

Viveu como peregrino durante oito meses; no nono mês, detiveram-no por falta de documentos num distrito provincial, num abrigo onde pernoitava com outros peregrinos. Quando lhe perguntaram onde estava seu passaporte e quem ele era, Kassátski respondeu que não tinha passaporte e que era um servo de Deus. Foi sentenciado como vagabundo e enviado à Sibéria.

Na Sibéria, instalou-se nas terras de um mujique abastado, onde vive agora. Trabalha na horta do patrão, dá aula para as crianças e atende os doentes.

O BRILHO DA CONTRADIÇÃO
Samuel Titan Jr.

Padre Sérgio merece figurar entre as obras-primas da narrativa breve de Liev Tolstói, ao lado de *A morte de Ivan Ilitch* e de *Khadji-Murát*. Fruto de um período criativo que tem início com a famosa crise moral posterior a *Anna Kariênina* (1877), a novela resume todas as preocupações de Tolstói no final da vida, bem como os dilemas de sua invenção literária. Não seria difícil sublinhar nela os muitos ecos de opiniões do autor: a recusa de certos dogmas cristãos, a misoginia desabrida, a pregação antieclesiástica e mesmo a ideia de resistência não violenta ao mal, que se entrevê na mansuetude final de Stiepán Kassátski. Uma leitura assim encontraria farto apoio na correspondência, no diário e nas obras doutrinárias desse período — como a *Uma confissão*, os volumes de indagação teológica ou a resposta ao edito de excomunhão do Santo Sínodo. Tolstói também produz nessa época uma longa série de escritos catequéticos, cuja influência mundial é bem conhecida: para citar apenas dois exemplos, o movimento pacifista durante a Primeira Guerra Mundial e a revolução desarmada de Gandhi devem muito a essa parte de sua obra. Contudo, se fosse apenas isso, quer dizer, somente um compêndio narrativo do tolstoísmo, *Padre Sérgio* talvez corresse o risco de passar por propaganda ou didatismo, sem maior ambição ou acerto. Há quem lhe reprove justamente certa facilidade propagandística nas páginas finais: o encontro redentor com Páchenka seria uma espécie de deus ex machina em relação à dinâmica central do enredo. De minha parte, creio que o vigor narrativo da obra não se explica nem se abate por conta desta ou daquela opinião de seu autor.

Assim, *Padre Sérgio* é resultado de uma intensa experimentação artística. O crítico Boris Eikhenbaum formulou, por volta de 1920, uma tese provocativa: as famosas crises de Tolstói, tão alardeadas pelo próprio autor, não seriam de natureza religiosa, mas criativa, nascidas do esgotamento de práticas e gêneros levados à perfeição pelo grande narrador. Isso teria acontecido na década de 1860, quando Tolstói se voltara para a pedagogia e para as histórias infantis; o mesmo valeria para a crise seguinte: *Anna Kariênina* marcara o ápice do romance familiar, como *Guerra e paz* assinalara o ponto alto do romance histórico oitocentista. Essa consumação e esse esgotamento estariam na raiz da crise e do interesse subsequente de Tolstói pela literatura doutrinária, pelas vidas de santos, pela narrativa popular e, de maneira geral, pela narrativa breve. Parece improvável que, num homem tão complexo e extremado como Tolstói, toda a sua atenção estivesse voltada para a criação literária, o resto funcionando como mera cortina de fumaça. Seja como for, a tese de Eikhenbaum tem o grande mérito de assinalar as interferências entre pensamento religioso e arte literária, bem como o esforço de Tolstói por ampliar as fronteiras da escrita, incorporando materiais estranhos, "não literários". Algo disso pode ser visto mesmo na carta ao Sínodo, reproduzida ao fim deste volume: Tolstói fala da missa, da comunhão e do batismo lançando mão dos mesmos recursos de "estranhamento" (para usar um termo consagrado por Viktor Chklóvski, contemporâneo de Eikhenbaum) que se encontram em seus romances e novelas.

É assim que, nas poucas dezenas de páginas de *Padre Sérgio*, o romancista experiente dialoga com diversos modos narrativos. Leia-se com atenção, por exemplo, o magnífico parágrafo de abertura: vamos da corte ao monastério, da carreira militar à opção monástica. Toda essa matéria, que se prestaria a um amplo tratamento romanesco, é formulada como enigma, um enigma que só encontra resposta algumas páginas mais tarde. Ou, senão, note-se como, ao longo da novela, o narrador mobiliza uma populosa galeria de personagens, que apenas atravessam o curso da ação para logo desaparecerem. Ao contrário do que se daria num romance, não se desenvolve aqui nenhuma dialética de longo alcance no seio de um grupo central bem delimitado e razoavelmente constante. Aliás, poucas personagens migram de uma seção para outra — sem que isso empreste à novela um ar de pressa ou de inacabamento. Inspirando-se nas vidas de santos que leu à farta, Tolstói entrega exclusivamente a Kassátski o ônus de costurar os vários segmentos. Seu anseio de redenção forma o eixo central da narrativa, e os episódios e as personagens parecem apenas se revezar nessa corrida de obstáculos, em que o padre Sérgio vai deixando todos para trás, como um autêntico atleta da fé. É claro que há um preço a se pagar por isso: num momento crucial — o encontro derradeiro —, o narrador se vê obrigado a tirar da cartola uma figura decisiva e até então ignorada; e é igualmente verdade que as personagens femininas não se saem muito bem nessa apresentação de mão única, que lhes rouba o aspecto multifacetado de uma Anna Kariênina, como bem assinala Boris Schnaiderman.

Mesmo assim, o foco narrativo fechado representa mais do que uma fácil solução econômica ou ideológica. Pois esse mesmo Tolstói que flertava com os esquemas narrativos da hagiografia não deixara de ser, do dia para a noite, o mestre da observação social e da caracterização psicológica que conhecemos de seus romances. Em suas mãos, o foco narrativo não é apenas um truque: ele obriga o leitor a ver sob novo ângulo toda a matéria da narrativa. Essa matéria é tratada com força realista e não cabe nas rubricas que lhe reservaria uma vida de santo ortodoxa: não é apenas a "carne", o "mundo", o "mal". Kassátski é uma figura de contornos humanos e históricos tratados com vigor, uma personalidade complexa às voltas com uma incessante contenda interior. Nessa mesma linha, observa-se como Tolstói se apropria de várias críticas que o Iluminismo movia contra a Igreja, da descrença nos milagres à recusa da vida monástica, tachada de estéril e parasitária por Voltaire e Diderot. A forma final de *Padre Sérgio* nasce do conflito e do diálogo entre essas linhas de força — a crítica e a salvação. A luta pela redenção não é esvaziada pela presença de situações que desabonam o monacato; Kassátski nutre anseios genuínos, que não são desditos pela crítica às instituições da Igreja ortodoxa; o teor crítico e racionalista não anula a conversão final — *e vice-versa*.

Esta leitura parecerá estranha àqueles que veem com maus olhos o episódio final, a epifania de Kassátski ao reencontrar a prima Páchenka. Argumenta-se que o tolstoísmo teria propiciado ao escritor uma saída fácil para o dilema de seu protagonista: a intercessão de uma criatura tão bondosa quanto inconsciente disso (recordemos que Kassátski se torna monge no dia da Intercessão de Maria) faz o que todo o brio do protagonista não pôde nem poderia fazer, libertando-o do labirinto da vontade e do orgulho. Ainda para esses leitores, essa intrusão in extremis cria um paralelismo desagradável e primário entre a inocência de Páchenka e a lascívia de Mákovkina. O incômodo, que em si não é injusto, talvez derive da importância excessiva que se confere ao encontro final. Contudo, há um modo plausível de ler a novela, preservando-se a coerência do enredo e a contradição central de renúncia e vaidade, ação e reflexão. Acredito que o momento decisivo no périplo de Kassátski é anterior à visita a Páchenka. Quando foge da ermida para se livrar da fama de milagreiro e da cooptação pela Igreja, o padre Sérgio volta a trilhar seu caminho singular, numa espécie de paradoxal salvação pelo orgulho, que o livra de ser um mero joguete eclesiástico. Esse episódio obriga a uma releitura dos precedentes, e então se vê que o orgulho é, a um só tempo, a danação e a remissão de Kassátski. Por orgulho ele se perde, mas pelo mesmo orgulho escapa a um casamento de fachada e a um monastério mundano. Também a sedução pela jovem neurastênica pode e deve ser lida como queda e como renascimento. Esse duplo caráter é sublinhado por um paralelismo, desta vez sutil: a cena desastrosa com a noiva se dá num dia de primavera, com direito a tílias verdejantes e passarinho cantando; a sequência com a filha do comerciante acontece na mesma estação, logo depois de um momento de distensão em que Kassátski, à sombra de um olmo, pergunta-se: "Mas será que Ele existe? E se eu estiver batendo numa casa fechada por fora... A chave está na porta e posso vê-la: os rouxinóis, os besouros, a natureza". Ou seja, sua conversão acontece sob o signo do menos cristão dos motivos, o despertar da primavera. Por fim, o próprio episódio com Páchenka é bem menos simplório do que se pretende. Cabe a ela uma das melhores falas da novela, na cena em que seu primo se detrata nos termos mais cortantes: "Stiva, você não está exagerando um pouco?". Com essa tirada cômica, talvez involuntária, ela apanha no ato o traço definidor do herói, que o acompanha e o ilumina até o fim.

Não temos como saber se Kassátski de fato se livra de seu demônio, pois mesmo como peregrino anônimo ele parece preocupado com sua *performance* humilde — como tampouco sabemos se Levin, nas páginas finais de *Anna Kariênina*, consegue enfim livrar-se de suas dúvidas. A mesma ordem de dúvida preserva a consistência humana, a complexidade romanesca, a contradição essencial dessa grande personagem que é Stiepán Kassátski, o padre Sérgio. O resultado final é menos a perfeita beatitude do que uma espécie de virtude ativa, de vida terrena dilacerada mas plena de sentido, que faz pensar, vejam só, no Cândido voltairiano, que se cansa da filosofia e se retira para Constantinopla, sob o lema de "Cultivemos nosso jardim!". Kassátski vai parar na Sibéria, onde dá aula para as crianças, cuida dos doentes e cultiva uma horta.

UMA NOVELA A FERRO E FOGO
Boris Schnaiderman

Padre Sérgio constitui certamente um dos momentos mais patéticos de toda a obra tolstoiana. Poucas vezes, em literatura, se expressou com tanta veemência a tragédia que pode estar presente na relação entre os sexos. Um dos grandes lances, nesse sentido, é sem dúvida o momento em que o príncipe Kassátski decepa um dedo, na tentativa de dominar a concupiscência (observe-se que o termo russo, "pókhot", tem um sentido bem mais forte de abjeção, sendo comuns nos dicionários definições como "atração sexual grosseira"; por isso mesmo, ele aparece com frequência nos escritos dos últimos anos de Tolstói).

Este patético de *Padre Sérgio* deu origem ao filme de mesmo nome, dirigido por Iacov Protazanov e que foi concluído pouco antes da Revolução de Outubro, com o grande Ivan Mojúkhin no papel principal. Seu desempenho era bem expressionista, e isso ficou sublinhado também pelo forte constraste do branco da neve com o escuro da floresta em volta do mosteiro. Pelo menos, foi essa a lembrança que me ficou da exibição no festival do cinema russo e soviético realizado em São Paulo pela Cinemateca Brasileira em 1962.

Se há momentos na obra de Tolstói em que a voz do pregador não se sobrepõe ao artista (é sem dúvida o caso de *A morte de Ivan Ilitch* e de *Khadji-Murát*), em *Padre Sérgio* o fim contrasta violentamente com o resto da novela e constitui uma queda abrupta do vigor com que ela se desenvolveu.

Além disso, atente-se um pouco na figura feminina que aparece ali, a tentadora Mákovkina. Tentadora, sim, e também insinuante, ousada, sem escrúpulos. Enfim, o diabo em pessoa.

Ela tem esses atributos todos e é a personificação máxima da visão que Tolstói tinha então da mulher. No diário, chegou a escrever: "Vivemos no reino da devassidão e das mulheres. As mulheres movem tudo". Isso foi escrito em 1889, quer dizer, pouco antes do início da elaboração de *Padre Sérgio*.

Enfim, como estamos longe da acuidade com que ele penetrava na mentalidade feminina e que pode ser constatada em *Anna Kariênina* e em *Felicidade conjugal*! O tom ranzinza com que escrevia sobre mulheres nas décadas de 1880 e de 1890 resultava também na condenação categórica dessas obras anteriores. Aliás, ao corrigir as provas da segunda, anotou: "É uma ignomínia vergonhosa".

"Vergonhosa" certamente porque não via ali a mulher como criatura do demônio e procurava compreender as motivações de sua personagem. Isto é, o oposto do que veríamos em *Padre Sérgio*, em "O diabo" e em tantos outros textos da última fase (é verdade que, em oposição à mulher satânica, Tolstói criou tipos de lutadoras pela verdade e pela justiça, como a jovem cossaca do conto "Falso cupom", que não convence de modo algum, ou figuras de pobres vítimas da "pókhot" masculina e de uma sociedade impiedosa, que têm sua expressão máxima na figura de Máslova, do romance *Ressurreição*). A anotação citada é de 1859, e isso mostra como têm razão os que afirmam que a famosa crise ética, religiosa e filosófica de Tolstói era apenas manifestação aguda de elementos já existentes em sua obra.

Esta leitura que faço de *Padre Sérgio* tem muitos antecedentes na crítica russa. A valorização do Tolstói artista, prejudicado muitas vezes pelo moralista e pregador, é uma constante, desde Máximo Górki, passando pela afirmação da importância de se considerar um "Tolstói sem tolstoísmo"[1] por diversos críticos do assim chama-

---

[1] *Tolstoï sans tolstoïsme* é o título de um livro de Nina Gourfinkel (Paris: Seuil, 1946). Na realidade, é uma citação do teórico russo Boris Eikhenbaum, que escreveu importantes trabalhos sobre o romancista. A concepção que deu origem àquele título está exposta em dois de seus trabalhos publicados em português, "Sobre Leão Tolstói" e "Sobre as crises de Leão Tolstói", incluídos em apêndice à edição brasileira do livro de Máximo Górki, *Leão Tolstói*, tradução de Rubens Pereira dos Santos (São Paulo: Perspectiva, 1983).

do formalismo russo, sobretudo Boris Eikhenbaum, até afirmações que aparecem continuamente.

Todavia, temos de reconhecer: sua doutrina da não resistência ao mal pela força tem admiradores até hoje, como foi o caso de Romain Rolland e, mais recentemente, o do grande estudioso norte-americano de Tolstói William B. Edgerton, sempre tão firme na defesa de seus princípios.

O período de elaboração de *Padre Sérgio* corresponde a uma fase aguda do drama conjugal do romancista. Por isso mesmo, são frequentes, na crítica, as alusões ao que há de autobiográfico em suas novelas. Parece-me oportuno, porém, esmiuçar um pouco essa questão. Realmente, os problemas que atormentam as personagens correspondem aos que o autor estava enfrentando. Eles têm relação direta com a autoanálise verrumante que encontramos no famoso diário. Mas, ao mesmo tempo, o grande ficcionista elabora personagens que são bem diferentes de seu criador. Nesse sentido, ele está bem próximo do escritor que explicava numa carta de 1865: Andrei Bolkónski, de *Guerra e paz*, era personagem inventada, por mais que o romancista tivesse estudado os arquivos familiares dos príncipes Volkônski.[2] Na realidade, essa elaboração de personagens chocava-se frontalmente com a sua própria afirmação no diário, em 1893:

---

2 Uma tradução parcial dessa carta aparece em meu livro *Leão Tolstói: Antiarte e rebeldia* (São Paulo: Brasiliense, 1983).

"A forma do romance não só não é eterna, mas ela está acabando. Dá vergonha escrever mentiras, que aconteceu aquilo que não houve. Se você quiser dizer algo, diga-o diretamente". Enfim, tem-se aí mais uma evidência do tormento interior com que, nessa fase, Tolstói se entregava à criação ficcional (que o digam também as 2166 páginas conhecidas de seus rascunhos para *Khadji-Murát*, que tem cerca de 140 páginas impressas).

Em *Padre Sérgio*, aparece com intensidade a crítica de Tolstói à sociedade de seu tempo, inclusive à Igreja oficial, e esta na sua visão repetia o que havia de condenável na vida mundana. "Ai deles, que vivem do trabalho alheio. São uns santos educados pelo regime de escravidão" — anotou no diário, após estada num mosteiro (1890). Evidentemente, algo o atraía na vida monástica, pois chegava a peregrinar pelos santuários mais venerados, ao mesmo tempo que sua crítica violenta não poupava a instituição eclesiástica.

Enfim, encontramos neste texto verdadeira súmula das preocupações de Tolstói na época, gravadas a ferro e fogo nas páginas da novela.

RESPOSTA À RESOLUÇÃO DO SÍNODO DE
20-22 DE FEVEREIRO DE 1901 E ÀS CARTAS
RECEBIDAS NESSA OCASIÃO
Liev Tolstói

Eu não queria, de início, responder à resolução do Sínodo a meu respeito, mas tal resolução suscitou uma série de cartas cujos remetentes me são desconhecidos — uns repreendendo-me por rejeitar aquilo que nunca rejeitei, outros exortando-me a crer naquilo em que não deixei de acreditar, outros ainda manifestando uma identidade de ideias que na realidade é duvidoso que exista e uma simpatia a que não sei se tenho direito; resolvi, assim, responder tanto a essa resolução, apontando o que há de injusto nela, como aos apelos de meus correspondentes desconhecidos.

De modo geral, a resolução do Sínodo contém muitas falhas. É ilegítima ou premeditadamente ambígua; é arbitrária, leviana, repleta de inverdades e, ademais, alimenta a difamação e provoca atos e sentimentos negativos.

É ilegítima ou premeditadamente ambígua, pois, se pretende a excomunhão, não corresponde às normas da

Igreja pelas quais se pode proferir tal excomunhão; caso se tratasse de declarar que aquele que não acredita na Igreja e em seus dogmas não faz parte dela, certamente nenhuma dúvida deveria subsistir, de modo que a presente declaração não pode ter nenhum outro objetivo senão o de parecer uma excomunhão sem sê-la de fato.

É arbitrária, pois em todos os pontos a resolução acusa somente a mim de incrédulo, ao passo que não apenas muitas, mas quase todas as pessoas instruídas da Rússia partilham de tal incredulidade, e o tempo todo, e a expressam tanto em conversas ou palestras como em brochuras e livros.

É leviana, pois seu principal pretexto baseia-se no fato de que minha doutrina é largamente difundida e seduz as pessoas; no entanto, sei muito bem que aqueles que partilham da minha opinião não passam talvez de uma centena e que, graças à censura, a difusão de minhas cartas sobre religião é tão insignificante que a maioria das pessoas que leu a resolução do Sínodo não tem o mínimo conhecimento de meus escritos sobre religião, como se pode perceber pelas cartas que me enviaram.

Sustenta uma flagrante inverdade ao afirmar que, da parte da Igreja, foram feitas várias tentativas de me persuadir, sem que obtivessem êxito; no entanto, nunca aconteceu nada semelhante.

Constitui o que, em linguagem jurídica, chama-se de calúnia, pois nela se encerram afirmações notoriamente injustas, que me são prejudiciais.

É, por fim, uma incitação a atos e sentimentos negativos, pois, como seria de se esperar, provocou em pessoas insensatas e pouco esclarecidas sentimentos de repúdio e ódio à minha pessoa, chegando a ameaças de morte expressas nas cartas que recebo. "Agora você foi excomungado e seguirá até a morte em incessante tormento e morrerá feito um cão [...] amaldiçoado seja, velho diabo" — escreve um deles. Outro faz recriminações ao governo por eu ainda não ter sido confinado em um monastério e enche a carta de injúrias. Um terceiro escreve: "Se o governo não nos proteger contra você, nós mesmos o forçaremos a calar-se" — a carta termina com maldições. "Encontrarei um meio de aniquilá-lo, velho embusteiro" — escreve um quarto. Seguem-se injúrias indecentes. Percebo também sinais de tal repúdio após a resolução do Sínodo em encontros com algumas pessoas. Precisamente em 25 de fevereiro, quando a resolução foi publicada, ao caminhar por uma praça, escutei as seguintes palavras dirigidas a mim: "Eis o diabo em forma de gente" — e se a multidão fosse composta diferentemente, poderia muito bem acontecer de eu ter sido espancado, do mesmo modo como espancaram há alguns anos um homem junto à capela Panteleimonov.

Dessa maneira, a resolução do Sínodo é no geral muito negativa; o fato de que, ao final da resolução, se afirma que as pessoas que a subscreveram rezariam para que eu me tornasse como elas não a torna melhor.

Isso quanto às linhas gerais; já nos pormenores, essa resolução é injusta no que se segue. Diz-se na resolução: "O conde Tolstói, escritor conhecido mundialmente, russo de nascimento, ortodoxo de batismo e formação, atraído por sua soberba inteligência, insurgiu-se insolentemente contra o Senhor, contra o Cristo e contra Seu santo patrimônio, renegando claramente, diante de todos, a mãe que o alimentou e o educou, a Igreja ortodoxa".

O fato de eu ter renegado a Igreja que se intitula ortodoxa é totalmente exato. Mas reneguei-a não porque me insurgi contra o Senhor; ao contrário, simplesmente porque desejava servi-lo com todas as forças da alma. Antes de renegar a Igreja e a união com o povo, que me era indescritivelmente cara, baseado em alguns sinais que me fizeram colocar em dúvida a razão da Igreja, dediquei alguns anos à investigação teórica e prática dos seus ensinamentos: quanto à teórica, li tudo o que estava a meu alcance acerca dos ensinamentos da Igreja, estudei e empreendi uma análise crítica da teologia dogmática; quanto à prática, acompanhei rigorosamente, no curso de mais de um ano, todas as prescrições da Igreja, observando todos os jejuns e frequentando todos os ofícios religiosos. E convenci-me de que o ensinamento da Igreja é, em sua teoria, uma mentira pérfida e perniciosa; em sua prática, reúne as mais grosseiras superstições e sacrilégios, ocultando por completo todo o significado do ensinamento cristão.[1]

---

[1] Basta ler o missal e seguir as celebrações incessantemente realizadas pelo clero ortodoxo e examinar a missa cristã para perceber que todas essas celebrações não são outra coisa senão diversas formas de sortilégio, que se adaptam a todos os acontecimentos eventuais da vida. Para que

E de fato reneguei a Igreja, deixei de cumprir seus rituais e escrevi em meu testamento pessoal que, quando eu morrer, não permitam que se aproxime de mim nenhum sacerdote da Igreja e que meu corpo seja enterrado o mais rápido possível, sem quaisquer sacramentos e orações, como se enterra um objeto repugnante e inútil, a fim de não incomodar os vivos.

Quanto ao que disseram sobre eu ter "consagrado minha atividade literária e o talento que me foi dado por Deus à propagação entre o povo de ensinamentos contra Cristo e a Igreja" etc., e sobre eu "fazer sermões de um zelo fanático para a derrubada de todos os dogmas da Igreja ortodoxa e mesmo da essência da fé cristã, em obras e em cartas largamente disseminadas tanto por mim como por meus discípulos pelo mundo todo, em particular pelos confins de nossa querida pátria" — isso é injusto. Nunca me empenhei em difundir meus ensinamentos. Na verdade, nas obras que escrevi para mim mesmo expressei meu entendimento do ensinamento de Cristo e não as ocultei das pessoas que desejavam

---

uma criança, caso morra, alcance o paraíso, é preciso untá-la com manteiga e resgatá-la com a pronunciação de palavras específicas; para que a parturiente deixe de ser impura, é preciso pronunciar certas fórmulas sacramentais; para obter sucesso nos negócios ou uma vida tranquila numa nova casa, para que o pão cresça bem, para que a seca se interrompa, para que uma viagem tenha êxito, para que uma doença se cure, para que a condição do morto no céu seja aliviada, para todas essas e milhares de outras circunstâncias existem certas fórmulas sacramentais que o sacerdote pronuncia em determinados locais e com determinadas recompensas. (N. A.)

conhecê-las, mas nunca as publiquei; falei às pessoas sobre minha compreensão acerca do ensinamento de Cristo apenas quando me perguntavam a respeito. A essas pessoas, eu dizia o que penso e oferecia-lhes, caso estivessem comigo, meus livros.

Mais adiante, disseram que eu repudio "Deus, o glorioso artífice e criador do universo, a Santa Trindade, renego o Senhor Jesus Cristo, o Deus encarnado, salvador e redentor do mundo, que se sacrificou pelos homens e por nossa salvação e que ressuscitou da morte", renego "a sagrada concepção na figura humana do Senhor Cristo e a virgindade da Imaculada Maria, Mãe de Deus, antes e após a natividade". Quanto a repudiar a incompreensível Trindade e a lenda sem nenhum significado em nosso tempo sobre a queda do primeiro homem, a sacrílega história sobre o Deus que nasceu de uma virgem, que redime a espécie humana — isso é totalmente justo. Já quanto ao Deus-espírito, ao Deus-amor, o Deus único, antes de tudo não só não o repudio, como jamais reconheci outra existência real senão a sua, e vejo todo o sentido da vida apenas como realização da vontade de Deus, expressa no ensinamento cristão.

Disseram ainda: "Não reconhece a vida além da morte e a remissão dos pecados". Se se trata de compreender a vida além da morte no sentido do segundo advento, com um inferno de tormento eterno e demônios, e um paraíso de permanente beatitude, então é totalmente justo dizer que eu não reconheço essa vida além da morte; mas reconheço a vida eterna e a justiça divina aqui e por toda a parte, agora e sempre, a ponto que, tendo vivido toda uma vida e estando à beira da morte, muitas vezes preciso fazer um esforço para não desejar a morte carnal, isto é, o nascimento para uma nova vida, e tenho a fé de que cada ato de bondade intensifica o verdadeiro bem em minha vida eterna, e cada ato de maldade o diminui.

Disseram também que repudio todos os sacramentos. Isso é totalmente justo. Considero todos os sacramentos uns sórdidos e grosseiros sortilégios, sem conformidade com a compreensão de Deus e contra o ensinamento cristão, além de serem uma transgressão direta aos preceitos do Evangelho. No batismo de crianças, vejo a clara deturpação de todo o sentido de que é revestido o batismo de adultos, que recebem o cristianismo com plena consciência; na realização do sacramento do matrimônio entre as pessoas que se haviam unido previamente e na permissão de divórcios e sagração de casamentos entre divorciados, vejo uma flagrante violação tanto do sentido como dos ensinamentos da letra do Evangelho. Nos periódicos indultos de pecados durante as confissões, vejo um embuste pernicioso, que apenas incentiva a imoralidade e elimina o receio diante do pecado.

Na extrema-unção, bem como na crisma, vejo o recebimento de um sortilégio grosseiro, assim como na reverência aos ícones e relíquias e em todas aquelas cerimônias, em orações e fórmulas sacramentais que se encontram no missal. Na eucaristia, vejo a divinização da carne e a deturpação dos ensinamentos cristãos. No sacerdócio, além de uma clara preparação ao embuste, vejo uma flagrante violação às palavras do Cristo: a ninguém chameis de mestre, pai, preceptor (Mateus 23, 8-10).

Apontaram, enfim, como último e mais elevado grau de minha culpabilidade, que "praguejando contra os objetos mais sagrados da fé, não me sobressaltei ao sujeitar ao escárnio o mais sagrado dos sacramentos: a eucaristia". Dizer que não me sobressalto ao descrever simples e objetivamente o que o sacerdote faz para a preparação desse chamado sacramento é totalmente justo; mas dizer que isso que se chama de sacramento é algo sagrado, que simplesmente descrever como ele acontece é sacrilégio, é totalmente injusto. Sacrilégio não é chamar um tabique de tabique e não de iconóstase, ou uma xícara de xícara e não de cálice etc.; mais terrível que isso, um verdadeiro e revoltante sacrilégio é o fato de pessoas servirem-se de todos os meios possíveis, de embustes e de hipnotismos, para assegurar às crianças e ao povo de alma simples que, ao cortar de determinada maneira e com certas palavras uns pedacinhos de pão e colocá-los no vinho, Deus se faz presente neles; ou que, quando se tira um pedacinho em nome de uma pessoa viva, ela terá saúde, e, quando se tira em nome de um morto, ele terá vida melhor nos céus; ou ainda que o próprio Deus entrará naquele que comer desse pedacinho de pão...

Isso é terrível!

Seja qual for a maneira de entender a pessoa de Cristo, seu ensinamento — que aniquila o mal do mundo e, de forma muito clara, simples e sem a menor dúvida, oferta o bem às pessoas, se elas não o deturparem — foi totalmente distorcido, convertido em grosseiros sortilégios como banhos, unções com manteiga, gestos, fórmulas sacramentais, deglutição de pedacinhos de pão etc., sem que nada reste do ensinamento original. E quando um homem tenta lembrar às pessoas que o ensinamento de Cristo não está nessas mágicas ou em orações, missas, velas, ícones, e sim diz respeito a que as pessoas se amem umas às outras, não paguem o mal com o mal, não julguem, não se matem umas às outras, eleva-se então o lamento de indignação daqueles que lucram com esses embustes, e essas pessoas, com incompreensível petulância, proclamam nas igrejas, imprimem em livros, em jornais, em catecismos, que Cristo nunca proibiu o perjúrio, nunca proibiu o assassinato (as execuções, as guerras), que o ensinamento sobre a teoria da não violência contra o mal foi inventado pela astúcia satânica dos inimigos de Cristo.[2]

É terrível principalmente o fato de que as pessoas que disso se aproveitam enganem não apenas aos adultos, mas também àquelas mesmas crianças a propósito

---

2 Discurso de Amvrôssi, bispo de Khárkov. (N. A.)

de quem Cristo disse que seriam desafortunados aqueles que as enganassem. É terrível que, para sua vantagem mesquinha, esses indivíduos ocultem a verdade revelada por Cristo, que oferta o bem às pessoas, fazendo assim um mal tão terrível que não se iguala nem à milésima parte do benefício que com tais mentiras recebem... Agem como o ladrão que massacra toda uma família de seis pessoas para levar uma *podióvka*³ velha e quarenta copeques em dinheiro. As vítimas lhe dariam com gosto todas as roupas e o dinheiro para que não as matasse. Mas ele não pode agir de outra maneira. E de igual forma agem os embusteiros religiosos. Poder-se-ia chegar a um acordo, aumentar em dez vezes o seu luxo, mantê-los no maior esplendor, contanto que eles simplesmente não destruíssem as pessoas com seus embustes. Mas eles não podem agir de outro modo. Eis por que isso é tão terrível. Por esse motivo, acusá-los de embusteiros não é apenas necessário, mas um dever. Se há algo de sagrado, de forma alguma será aquilo que chamam de sacramento, mas precisamente essa obrigação de desmascarar o embuste religioso, cada vez que for presenciado...

Se um tchuvaque unta seu ídolo com creme azedo ou o açoita, posso passar por isso com indiferença, porque ele faz isso em nome de uma superstição que me é estranha e que não diz respeito ao que me é sagrado; mas quando as pessoas, não importa se muitas, não importa

---

3 Casaco pregueado na cintura.

quão antigas suas superstições e quão poderosas sejam, em nome daquele Deus pelo qual vivo e daquele ensinamento de Cristo que me deu a vida e pode dá-la a todas as pessoas, pregam sortilégios grosseiros, não posso ver isso de forma tranquila. E se chamo pelo nome aquilo que fazem, faço-o apenas por dever, porque não posso deixar de fazê-lo se acredito em Deus e no ensinamento cristão. E se, em vez de se horrorizarem com seus sacrilégios, eles chamam de sacrilégio o desmascaramento de seus embustes, isso apenas demonstra a força destes, e deve apenas aumentar o esforço das pessoas que acreditam em Deus e no ensinamento de Cristo para destruir esse embuste que oculta das pessoas o verdadeiro Deus.

De Cristo, que expulsou do templo os touros, as ovelhas e os mercadores, deviam dizer que cometeu sacrilégio. Viesse ele agora e visse as coisas que a Igreja faz em seu nome, ainda com maior e mais legítima fúria jogaria fora todas essas vestimentas clericais, lanças, cruzes, cálices, velas, ícones e tudo aquilo que, por meio de sortilégios, utiliza-se para ocultar das pessoas Deus e seu ensinamento.

Eis, pois, o que há de justo e o que há de injusto na resolução do Sínodo a meu respeito. Com efeito, não acredito no que dizem que acreditam. Mas acredito em muito daquilo em que, segundo querem persuadir as pessoas, eu não acredito.

Acredito no seguinte: acredito no Deus que entendo como espírito, como amor, como começo de tudo. Acredito que ele esteja em mim e eu, nele. Acredito que a vontade de Deus esteja expressa da forma mais clara e mais compreensível no ensinamento do Cristo homem, mas considero o maior sacrilégio tomá-lo por Deus e dirigir-lhe orações. Acredito que o verdadeiro bem do homem seja o cumprimento da vontade de Deus, a vontade de que as pessoas se amem umas às outras e, em consequência, ajam umas com as outras como gostariam que agissem consigo próprias, como foi dito no Evangelho, que é a única lei, ao lado dos profetas. Acredito que a vida de cada homem só tenha sentido, portanto, na ampliação do amor; que essa ampliação do amor conduza cada homem a um bem cada vez maior nesta vida, conceda após a morte um bem tanto maior quanto maior for seu amor, e ao mesmo tempo contribua para o estabelecimento do reino de Deus neste mundo, isto é, daquele sistema de vida no qual discórdias, embustes e violências agora reinantes venham a ser substituídas pela livre concórdia, pelo amor verdadeiro e fraternal entre as pessoas. Acredito que para o sucesso no amor haja apenas um meio: a oração — não a oração pública nos templos, diretamente proibida por Cristo (Mateus 6, 5-13), mas a oração cujo exemplo nos deu Cristo, solitária, que consiste na reconstituição e na consolidação, na própria consciência de cada um, do sentido da vida e da sua dependência apenas da vontade de Deus.

Ofendam, amargurem ou seduzam a quem quer que seja, estorvem ou desgostem essas minhas convicções — não posso modificá-las, como não posso modificar meu próprio corpo. Preciso viver por mim mesmo, sozinho, e por mim mesmo e sozinho morrer (e muito em breve), por isso não posso de modo algum acreditar senão naquilo em que creio, preparando-me para ir ao encontro daquele Deus do qual provim. Não estou dizendo que minha fé seja a única incontestável de todas as verdades, mas não vejo outra mais simples, clara e que responda a todas as demandas de minha mente e de meu coração; se conhecer uma fé assim, logo a aceitarei, pois Deus não tem necessidade de nenhuma outra coisa além da verdade. Já não posso, de modo algum, retornar àquilo que, com tamanho sofrimento, acabo de deixar, assim como o pássaro que voou uma vez já não poderá entrar na casca do ovo de onde saiu.

"Aquele que começa por amar o cristianismo mais que a verdade, muito depressa passará a amar mais sua igreja ou seita que o cristianismo, e terminará por amar-se a si próprio (sua tranquilidade) mais que tudo no mundo", disse Coleridge. Segui o caminho inverso. Comecei por amar minha fé ortodoxa mais que minha tranquilidade, depois passei a amar o cristianismo mais que minha igreja, agora amo a verdade mais que tudo no mundo. E até aqui a verdade para mim coincide com o cristianismo, como o entendo. Professo esse cristianismo e, à medida que o professo, vivo tranquilo e feliz, e tranquilo e feliz vou me aproximando da morte.

Moscou, 4 de abril de 1901

SOBRE O AUTOR

Liev Nikoláievitch Tolstói nasceu no dia 28 de agosto de 1828 (9 de setembro, pelo calendário atual), em Iásnaia Poliana, propriedade rural de sua família, na Rússia. Tinha três irmãos mais velhos e uma irmã mais nova — Nikolai, Serguei, Dmítri e Mária. Embora tivesse boas relações com todos eles, foi Nikolai quem lhe marcou mais profundamente o temperamento. De um lado, era seu modelo de homem, belo, elegante, forte e corajoso. De outro, estimulava sua imaginação, afirmando possuir um segredo capaz de instaurar no mundo uma nova Idade de Ouro, sem doenças, miséria e ódio, e na qual toda a humanidade seria feliz. Nikolai alegava ter gravado esse segredo num graveto verde, o qual enterrara numa ravina da floresta de Zakaz.

Nascido num meio aristocrático, a infância de Tolstói, entretanto, foi bastante sofrida. Antes de completar dois anos, perdeu a mãe. Sete anos depois, sua família mudou-se para Moscou, onde Tolstói encontrou uma nova realidade. Então, durante uma viagem de trabalho para Tula, em 1837, seu pai morreu. Além de órfãos, Liev e seus irmãos encontraram-se em situação financeira precária. Logo em seguida, morreu sua avó, e Tolstói viu-se abrigado na casa de uma tia, na região de Cazã.

Ao ingressar na universidade, em 1844, para estudar línguas e leis, Tolstói de início entusiasmou-se com a vida de estudos. Porém, decepcionou-se com os métodos tradicionais de ensino e, por fim, abandonou a academia.

Herdando sua parte da herança familiar, retornou a Moscou e iniciou um período de vida boêmia e dívidas de jogo, que o obrigaram a vender algumas de suas propriedades. Ingressou no Exército em 1852, fascinado com as experiências militares de um irmão. Como soldado, foi logo transferido para o Cáucaso, e data dessa época a composição do livro *Infância*, que marca sua estreia na literatura.

Em 1856, já fora do Exército, Tolstói libertou seus servos e doou-lhes as terras onde trabalhavam. Estes, porém, desconfiados, devolveram-lhe as propriedades. No ano seguinte, viajou para a Alemanha, a Suíça e a França. Ao voltar, fundou uma escola para crianças e adultos, empregando novos métodos pedagógicos, nos quais eram abolidos os testes, as notas e os castigos físicos.

Em 1862, casou-se com Sofia Andrêievna Behrs, então com dezessete anos, e fundou uma revista pedagógica. No ano seguinte, teve início a redação do romance

Guerra e paz, cujo pano de fundo é a invasão napoleônica da Rússia, ocorrida no princípio do século XIX. Concluído em 1869, o livro trouxe para Tolstói a consagração como escritor.

Entre o ano de seu casamento e 1888, Tolstói teria doze filhos. Entre 1873 e 1877, escreveu *Anna Kariênina*. Sua recorrente inclinação a desfazer-se de seus bens materiais produziu, a partir de 1883, uma disputa ferrenha entre sua esposa e Tchértkov, militar que se tornou um abnegado paladino das ideias de Tolstói e em quem o escritor tinha grande confiança. A partir dessa época, o distanciamento entre marido e mulher só fez crescer.

Sua desconfiança em relação à justiça, ao governo, à propriedade, ao dinheiro e à própria cultura ocidental gerou o que passou a ser chamado de "tolstoísmo", de todo hostil à Igreja ortodoxa russa.

Finalmente, devido ao apoio dado pelo escritor a um grupo religioso de camponeses que se recusara a servir o Exército em nome de uma vida comunitária de base cristã, Tolstói viu-se excomungado pelo Sínodo da Igreja ortodoxa de 1901.

Escreveu ele, a respeito da decisão:

> O fato de eu ter renegado a Igreja que se intitula ortodoxa é totalmente exato. Mas reneguei-a não porque me insurgi contra o Senhor, ao contrário, simplesmente porque desejava servi-lo com todas as forças da alma. Antes de renegar a Igreja e a união com o

povo, que me era indescritivelmente cara, baseado em alguns sinais que me fizeram colocar em dúvida a razão da Igreja, dediquei alguns anos à investigação teórica e prática dos seus ensinamentos: quanto à teórica, li tudo o que estava a meu alcance acerca dos ensinamentos da Igreja, estudei e empreendi uma análise crítica da teologia dogmática; quanto à prática, acompanhei rigorosamente, no curso de mais de um ano, todas as prescrições da Igreja, observando todos os jejuns e frequentando todos os ofícios religiosos. E convenci-me de que o ensinamento da Igreja é, em sua teoria, uma mentira pérfida e perniciosa; em sua prática, reúne as mais grosseiras superstições e sacrilégios, ocultando por completo todo o significado do ensinamento cristão.*

Finalmente, em 1910, aos 82 anos, Tolstói fugiu de casa. No entanto, durante a viagem, sua saúde debilitada obrigou-o a saltar do trem na aldeia de Astápovo, onde viria a morrer no dia 7 de novembro de 1910.

Dois anos antes de sua morte, Tolstói ditara as seguintes palavras, que remetem ao segredo que seu irmão Nikolai teria enterrado na floresta de Zakaz:

---

* Liev Tolstói. "Resposta à determinação do Sínodo de excomunhão, de 20-22 de fevereiro, e às cartas recebidas por mim a esse respeito". In: _____. *Os últimos dias de Tolstói*. Coord. ed. de Elena Vássina. Sel. e intr. de Jay Parini. Trad. do trecho de Denise Regina de Sales. São Paulo: Companhia das Letras, 2011.

Embora seja um assunto desimportante, quero dizer algo que eu gostaria que fosse observado após a minha morte. Mesmo sendo a desimportância da desimportância: que nenhuma cerimônia seja realizada na hora em que meu corpo for enterrado. Um caixão de madeira, e quem quiser que o carregue, ou o remova, a Zakaz, em frente a uma ravina, no lugar do "graveto verde". Ao menos, há uma razão para escolher aquele e não qualquer outro lugar.

SUGESTÕES DE LEITURA

TEXTOS DE ESCRITORES SOBRE TOLSTÓI

COETZEE, J. M. "Confession and Double Thoughts: Tolstoy, Rousseau, Dostoevsky" [1985]. *Doubling the Point: Essays and Interviews*, org. David Atwell. Harvard: Harvard University Press, 1992.

GINZBURG, Natalia. "Prefazione" a Lev Tolstoj. *Resurrezione*, trad. Clara Coisson. Turim: Einaudi, 1982. / *Serrote*, n. 5, trad. Maurício Santana Dias, jul. 2010.

GÓRKI, Máximo. *Leão Tolstói*, trad. Rubens Pereira dos Santos. São Paulo: Perspectiva, 1983.

MANN, Thomas. "Goethe e Tolstói: Fragmentos sobre o Problema da Humanidade" [1922]. *Ensaios*, sel. Anatol Rosenfeld, trad. Natan Robert Zins. São Paulo: Perspectiva, 1998, pp. 59-135.

NABOKOV, Vladimir. "Anna Kariênina" e "A morte de Ivan Ilitch". *Lições de literatura russa*, org. e intr. Fredson Bowers, trad. Jorio Dauster. São Paulo: Três Estrelas, 2014.

PIGLIA, Ricardo. "O lampião de Anna Kariênina". *O último leitor*, trad. Heloisa Jahn. São Paulo: Companhia das Letras, 2006, pp. 132-56.

ESTUDOS SOBRE TOLSTÓI

BERLIN, Isaiah. "O porco-espinho e a raposa" e "Tolstói e o Iluminismo". *Pensadores russos*, org. Henry Hardy e Aileen Kelly, trad. Carlos Eugênio Marcondes de Moura. São Paulo: Companhia das Letras, São Paulo, 1988.

CHKLÓVSKI, Victor. "A arte como procedimento". In: D. Toledo (org.). *Teoria da literatura: Formalistas russos*. Porto Alegre: Globo, 1972.

____. "Os paralelos em Tolstói". In: *O diabo e outras histórias*, trad. André Pinto Pacheco. São Paulo: Cosac Naify, Col. Prosa do Mundo, 2000; 2. ed., 2010.

EIKHENBAUM, Boris. *The Young Tolstoy*. Michigan: Ardis, 1972.

____. *Tolstoy in the Sixties*. Michigan: Ardis, 1982.

____. *Tolstoy in the Seventies*. Michigan: Ardis, 1982a.

GINZBURG, Carlo. "Estranhamento: Pré-história de um procedimento literário" [1998]. *Olhos de madeira: Nove reflexões sobre a distância*, trad. Eduardo Brandão. São Paulo: Companhia das Letras, 2001, pp. 15-42.

GOURFINKEL, Nina. *Tolstoï sans tolstoïsme*. Paris: Seuil, 1946.

HAMBURGER, Käte. *Tolstoi, Gestalt und Problem*. Göttingen: Vandenhoeck & Ruprecht, 1963.

LUKÁCS, Georg. "Narrar ou descrever?". *Ensaios sobre literatura*, org. Leandro Konder, trad. Giseh Vianna Konder. Rio de Janeiro: Civilização Brasileira, 1968, pp. 47-99.

LUKÁCS, Georg. "Tolstói e extrapolação das formas sociais de vida". *A teoria do romance* [1914-5], trad. José Marcos Mariani de Macedo. São Paulo: Editora 34 / Duas Cidades, 2000, pp. 150-62.

____. "Tolstoy and the Development of Realism" e "Leo Tolstoy and Western European Literature". *Studies in European Realism*, intr. Alfred Kazin, trad. Edith Bone. Nova York: Grosset and Dunlap, 1964, pp. 126-205 e 242-64.

ORWIN, Donna T. *Tolstoy's Art and Thought, 1847-1880*. Princeton: Princeton University Press, 1993.

SCHNAIDERMAN, Boris. *Leão Tolstói: Antiarte e rebeldia*. São Paulo: Brasiliense, 1983.

STEINER, George. *Tolstói ou Dostoiévski: Um ensaio sobre o velho criticismo*, trad. Isa Kopelman. São Paulo: Perspectiva, 2006.

VERÍSSIMO, José. "Tolstói". *Homens e coisas estrangeiras: 1899--1908*, prefácio João Alexandre Barbosa. Rio de Janeiro: ABL / Topbooks, 2003. Texto sobre tradução francesa de *Ressurreição*.

MATERIAIS BIOGRÁFICOS

CITATI, Pietro. *Tolstoj* [1983]. Milão: Adelphi, 1996.

PARINI, Jay. *A última estação*. Rio de Janeiro: Editorial Presença, 2007.

QUINTERO ERASSO, Natalia Cristina. *Os diários de juventude de Liev Tolstói: Tradução e questões sobre o gênero de diário*. Dissertação de mestrado. São Paulo: Departamento de Letras Orientais; Faculdade de Filosofia, Letras e Ciências Humanas da Universidade de São Paulo, 2011.

TOLSTOY, Sofia. *The Diaries of Sofia Tolstoy*, intr. Doris Lessing, trad. Cathy Porter. Nova York: Harper Collins, 2010.

TOLSTÓI, Liev. *Diarios (1847-1894)*, sel., ed. e trad. Selma Ancira. Barcelona: Acantilado, 2003.

____. *Diarios (1895-1910)*, sel., ed. e trad. Selma Ancira. Barcelona: Acantilado, 2004.

____. *Correspondencia*, sel., ed. e trad. Selma Ancira. Barcelona: Acantilado, 2008.

ESTA OBRA FOI COMPOSTA PELA MÁQUINA ESTÚDIO E PELA SPRESS EM LYON
E IMPRESSA EM OFSETE PELA GEOGRÁFICA SOBRE PAPEL PÓLEN BOLD DA SUZANO S.A.
PARA A EDITORA SCHWARCZ EM MARÇO DE 2022

A marca FSC® é a garantia de que a madeira utilizada na fabricação do papel deste livro provém de florestas que foram gerenciadas de maneira ambientalmente correta, socialmente justa e economicamente viável, além de outras fontes de origem controlada.